Katharina Grabner-Hayden

Endlich Ruhe

Katharina Grabner-Hayden

Endlich Ruhe

Sterben für Anfänger

ueberreuter

Für
Theodor Hayden und
Robert Grabner

Danke, dass Sie sich für unser Buch entschieden haben.

Wir freuen uns, wenn wir Sie auch weiterhin über unsere Neuerscheinungen informieren dürfen und laden Sie ein, unseren Newsletter unter www.ueberreuter-sachbuch.at zu abonnieren. Sie erreichen uns auch direkt unter office@ueberreuter-sachbuch.at.

1. Auflage 2020

ISBN 978-3-8000-7753-3

Covergestaltung: Saskia Beck, s-stern.com
Umschlagfoto: Philipp Monihart
Lektorat: Maria-Christine Leitgeb, diesprachagentur.com
Satz: Hannes Strobl, Satz·Grafik·Design, Neunkirchen
Druck und Bindung: CPI Moravia Books s.r.o.

www.ueberreuter-sachbuch.at

Inhalt

Mein Beileid – Ein paar Worte zu Endlich Ruhe

Friedhöfe ziehen mich seit jeher magisch an – eine durchaus nekrophile Ader in mir. Andere beschäftigen sich mit Kochen oder verbringen ihre spärliche Freizeit beim Schönheitschirurgen oder im Fitnessstudio. Mein Hobby sind Grabstätten. Diese Neigung kommt daher, dass ich bereits in der frühen Kindheit ständig mit dem Tod konfrontiert worden bin. Als „waschechtes Wienerkind" lauschte ich gerne Großmutters weinseligen Liedern über den Tod und bewunderte am Weg zum Kinderspielplatz die prächtigen schwarzen Limousinen, die an uns mit „leisen Samtpfoten" vorbeifuhren. Meine Familie wohnte damals neben der Bestattung Wien. Auch meinen ersten Zuckerschlecker, ein *Dorli*, erhielt ich von den elegant gekleideten Bestattern, den berühmten Pompfüneberern, die rauchend vor dem Tor standen.

So verbinden mich heute noch die süßesten und amüsantesten Erinnerungen, wenn ich an meinen Freund, den Tod, denke. Nun bin ich älter geworden, habe das *Dorli* gegen ein gutes Glas Riesling getauscht und amüsiere mich immer noch königlich, nicht über *Ihn*, sondern über die Begleitumstände, die *Er* mit sich bringt. Denn der Tod wirbelt alles durcheinander. Die Gesetze der Vernunft wie auch die einfachsten Anstandsregeln menschlichen Zusammenlebens werden außer Kraft gesetzt. Dass dies mitunter auch recht humorvoll sein kann, liegt auf der Hand.

In den Anekdoten, die in *Endlich Ruhe* gesammelt sind, hat der Tod viele lustige Gesichter, die natürlich aus dem Leben gegriffen und deshalb auch alle *halbwahr* sind, sonst wäre es ja keine Satire. Meine Familie, die größten Wert auf eine „schene Leich'" legt, war mir in vielen Geschichten eine willkommene Vorlage.

Vielen Dank an „meine Pompfüneberer", die mir beim Entstehen dieses Buches mit Rat und Tat zur Seite gestanden sind.

Allen voran Peter Holeczek, Christian Leppich von der Bestattung Wien und Norbert Eder, Trauerredner in NÖ, die mir in höchst charmanter und humorvoller Weise verschiedene Beerdigungsrituale nähergebracht haben. Ihre wunderbaren Formulierungen sind in dieses Buch eingeflossen. Erst am Grab wird aus einem bösartigen Alkoholiker ein gefühlvoller Bacchus-Jünger. Danke an Andrea und Eric Hofbauer, Bestatter in Gföhl, die ihre Särge für das Buchcover zur Verfügung gestellt haben, und an Philipp Monihart für das überaus kreative Foto-Shooting. Es lag sich wunderbar in einem Hofbauer-Sarg!

Ein Herzliches Dankeschön meinem besten Freund, dem Philosophen und Theologen Pater Herbert „Berti" Winklehner, der seit vierzig Jahren versucht, mich vor der ewigen Verdammnis zu retten, und bei diesem Buch wohl nun eingesehen hat, dass sein Versuch zum Scheitern verurteilt ist. Er hat zumindest dafür gesorgt, dass diese Satire jeder theologischen Kritik standhält, auch wenn ich nach seinen Worten „dafür in die Hölle" kommen werde.

Meiner Lektorin, Dr. Marie-Christine Leitgeb, sei an dieser Stelle besonders gedankt. Sie musste mich Corona-bedingt im Homeoffice literarisch begleiteten und hat nicht nur profundes Fachwissen eingebracht, sondern die größte Geduld mit mir bewiesen. Danke.

Ein Verlag steht hinter seinen Autoren. Dass trotz Corona-Pandemie und einer unvergleichlichen Wirtschaftskrise der Verlag mit seinem Team mich bei diesem Buch unterstützt hat, ist mutig und einzigartig. Danke an Georg Glöckler und Birgit Francan von Ueberreuter Sachbuch für die freundliche Unterstützung.

Mein innigstes Dankeschön gilt meinem Mann, meinem liebevollen und mutigen Odysseus, und meinen vier Söhnen. Sie sind *die* lebenden Quellen meiner Inspiration und haben mir viel Raum und Zeit gegeben, um dieses Buchprojekt zu verwirklichen. Ich liebe euch!

Der Tod ist frei nach Georg Kreisler ein Exzentriker, Zyniker, Sadist und Humorist, eben ein Wesen wie Sie und ich.

Nach dieser Lektüre werden Sie sich nicht mehr vor ihm fürchten, nur mehr vor der „lieben Verwandtschaft"! Garantiert!

Ich wünsche Ihnen, liebe Leserinnen und liebe Leser, viel Vergnügen bei der Lektüre von *Endlich Ruhe*. Nehmen Sie sich ein gutes Gläschen Riesling oder *ein Dorli* und denken Sie immer daran: Wer zuletzt lacht, lacht am besten!

Ihre Katharina Grabner-Hayden

Krems, im Juli 2020

ARS MORIENDI oder die Kunst des Sterbens

Das Verlagshaus Aeterna hat in seiner jüngsten Ausgabe ein neues, brandaktuelles Buch *ARS MORIENDI* vorgestellt, einen Ratgeber, den Sie unbedingt beachten sollten, wenn Sie vorhaben, der Endlichkeit zu entschlafen.

ARS MORIENDI ist *der* neue *Elmayer* unter den Benimmbüchern und gibt sinnvolle und zeitgemäße Tipps für die letzte und vielleicht anspruchsvollste Zeit. Von Bestattungsformen und Dresscodes, von der richtigen Anrede Gottes bis zu korrekten Verhaltensregeln im Jenseits spannt sich der formvollendete Bogen menschlichen Miteinanders. Die kleine Fibel ist somit ein unverzichtbarer Begleiter in allen Lebenslagen mit mehr oder weniger finalem Ausgang. *ARS MORIENDI* ist im praktischen Handtaschenformat erschienen und im gut sortierten Buchhandel erhältlich.

1. Reiseproviant

Wenn Sie in alle Ewigkeit schlafen, dann stets mit vollem Bauch. Hungrig seine letzte Reise anzutreten, kann sehr unangenehm werden. Dabei sind Zerealien wie Getreideflocken und Nüsse als leichter Snack zwischendurch empfehlenswert. Auch Salate und Rohkost können Ihren Kalorienbedarf decken. Hüten Sie sich vor Hülsenfrüchten wie Bohnen oder Linsen. Mögliche Flatulenzen könnten Ihre Mitreisenden oder Begleiter empfindlich stören.

2. Reiseapotheke

Um kleineren Angstschüben oder Panikattacken vorzubeugen, ist es ratsam, bereits vor dem Ableben Beruhigungsmittel einzunehmen. In diesem Zusammenhang haben sich Pharmazeutika aus der Gruppe der Benzodiazepine wie Xanor oder Valium bewährt. Sollten Sie schon zu Lebzeiten gegen jede Form gesellschaftspolitischer Beeinflussung durch Pharmariesen gewesen sein, so können Sie gerne zu alternativ-medizinischen Produkten greifen. Hier bieten sich Baldriantropfen oder Bachblütenmixturen an. Auch Marihuana ist in diesem Fall ein wirkungsvolles Mittel, wenn auch schwerer zu beschaffen. Ihre Angehörigen können Sie dabei beraten und Ihnen behilflich sein. Am besten besprechen Sie Ihre Wünsche vorher mit Ihrem Anästhesisten oder dem Dealer Ihres Vertrauens.

3. Reisewünsche

Vorsicht ist geboten bei Nahtoderfahrungen. Sie könnten auf Sie euphorisch wirken, manchmal auch etwas unangenehm sein. Hier handelt es sich – noch – nicht um eine göttliche Erscheinung, sondern um rein neurophysiologische Vorgänge, die von der Wissenschaft als Halluzinationen beschrieben werden. Verlassen Sie deshalb umgehend und schnell den Raum. Zynische oder ironische Bemerkungen von Ärzten oder Verwandten schaffen negative Energien und können Ihr Karma im Jenseits empfindlich stören.

4. Reisebekleidung

Wichtig ist die richtige Bekleidung. Dabei sollte unbedingt Bequemlichkeit im Vordergrund stehen. Von leichten Badekostümen oder Radfahreroutfits ist aus Gründen der Pietät in jedem Fall aber abzuraten. Denken Sie dabei bitte auch an die ästhetischen Gefühle von Mitarbeitern diverser Bestattungsinstitute. Karl Lagerfelds Merksatz „Wer eine Jogginghose trägt, hat die Kontrolle über sein Leben verloren“, entfaltet erst im Tod seine wahre Bedeutung.

5. Reiseutensilien

Ihre Wohnung oder Ihr Haus sollte in sauberem und tadellosem Zustand, also schlüsselfertig und besenrein übergeben werden. Sie ersparen sich dadurch jede Form von übler Nachrede. Sollten Sie sich aber von liebgewonnen Gegenständen wie Bildern, Büchern, Schmuck, Kleidung oder Sextoys nicht trennen können, dann ist es kein Problem, diese in Ihrer Gruft deponieren zu lassen. Wichtig ist in diesem Zusammenhang der Grundsatz, sich im Jenseits auch entsprechend wohlzufühlen.

6. Reisekosten

Ein Testament kann, muss aber nicht unbedingt von Vorteil sein. Die Erben werden auf alle Fälle streiten. Am klügsten ist es, bereits vor dem Ableben das gesamte Vermögen heimlich auszugeben. Gönnen Sie sich etwas Schönes und ersparen Sie sich und Ihren Angehörigen unnötige Konflikte.

7. Reiseziele

Auch wenn Sie sich in den ersten drei Tagen nach dem Entschlafen wie im Urlaub fühlen, so handelt es sich doch um die sogenannte Schleusenzeit, eine Zeit der inneren Einkehr, aber keiner möglichen Umkehr. Gehen Sie den langen, dunklen Tunnel zügig voran, machen Sie keine unnötigen Abzweigungen und lassen Sie sich von nichts und niemandem ablenken, vor allem nicht von Ihrem Smartphone. Bilder auf Instagram oder Facebook zu posten, macht wegen Unterbelichtung keinen Sinn und verletzt die Privatsphäre und Datenschutzrechte Ihrer Mitreisenden. Sie benötigen für die letzte Reise weder GPS, Karte oder Kompass, der Weg ist unkompliziert. Folgen Sie einfach dem hellen Licht am Ende des Tunnels. Dort angekommen, die erste Türe rechts.

8. Reisewegweiser

Eine gute Vorbereitung ist der Schlüssel für eine gelungene Erleuchtung. Verschiedenste Religionsgemeinschaften und Sekten halten ein reichhaltiges Potpourri an Heilsversprechen und Gottesvorstellungen für jeden Geschmack bereit. Lassen Sie sich vom Überfluss des Angebots inspirieren und legen Sie Ihre Prioritäten für das Leben danach rechtzeitig fest. Nach dem Ableben entscheiden Sie, wie Sie sich weiterentwickeln wollen. Die linke Seite weist Ihnen den Weg zur Reinkarnation, also zur Wiedergeburt. Rechts geht es zum Paradies.

Für Unentschlossene gilt folgende Regel: Verlassen Sie sich nicht auf den volkstümlich bekannten *Limbus puerorum*, einen Art Zwischenhimmel für Unschuldige. Denn auch hier ist Vorsicht geboten. Aufgrund theologischer Unstimmigkeiten über dessen wahrer Existenz raten unsere Redakteure ausdrücklich davon ab, auf diesen „Zwischenhimmel" als dritte Alternative zu vertrauen. Er wurde von Papst Benedikt XVI. als entbehrlich eingestuft und existiert nicht mehr.

9. Reiserisiken und Wiedergeburt

Dass das Risiko die Bugwelle jedes Erfolgs ist, gilt bei der Reinkarnation nur zum Teil. Je nach Erkenntnisgrad und persönlicher Einsicht reicht das Portfolio einer Wiedergeburt von einem stattlichen Lipizzaner – besonders bei Wienerinnen und Wienern beliebt –, unzufriedenen Nacktschnecken bis hin zu unterschiedlichen Bakterienarten. Vorsicht! Auch Corona-Viren sind in der letzten Zeit schon häufiger vorgekommen und werden immer beliebter. Sehen Sie es sportlich: Dabei sein, ist alles!

10. Viel Glück und Erfolg

Ein guter Rat für Ihren Weg: Gehen Sie unbedingt auf die rechte Seite, auch wenn es sich für Sie politisch nicht korrekt anfühlt. Das Paradies lockt zwar nicht mit irdischen Bekömmlichkeiten, dafür bewegen Sie sich in einem Zustand ewiger Erleuchtung. Allgemein wird angenommen, dass dieser Zustand auch mit dem absoluten Glück vergleichbar ist. Dass diese Erleuchtung bei einigen auch Höllenqualen verursachen kann, liegt nicht an der Organisation des Paradieses – Es gibt kein Purgatorium! –, sondern schlichtweg an der Erkenntnis: „Ach, was war ich doch im Leben für ein Volltrottel!"

Ein kleiner Tipp als Postskriptum:
Lassen Sie sich nach Ihrem Ableben keine Münzen auf Ihre Augen legen, das hat bereits in der griechischen Antike zu Irritationen geführt. Stecken Sie einfach zehn Euro in Ihre rechte Socke oder Ihren rechten Strumpf. Diese kleine Geste erfreut Ihre Bestatter und sichert Ihnen einen beschwerdefreien und sanften Abgang aus dieser Welt.

„Das Totenhemd hat keine Taschen", sagt der Wiener Volksmund. Wir können uns nichts ins Jenseits mitnehmen. Und trotzdem ist man immer wieder auf „eine schöne Leich'" bedacht. Die letzte Ruhestätte soll zumindest dem Verstorbenen die Ehre erweisen, die ihm im Leben oftmals versagt blieb. Hören Sie auf Ihr Gewissen oder besser gleich auf Ihren Bestatter, denn:

Ein Grab ist die beste Kapitalanlage!

Eigentlich hätte sich meine Familie glücklich schätzen können, als Tante Erna und Onkel Hermann „das Zeitliche" gesegnet hatten. Man gab sich der trügerischen Hoffnung hin, sie endlich los zu sein. Keine Schwärmereien mehr am Tisch über die *Ach, so schönen alten Zeiten* oder zynische Bemerkungen über die schreckliche Jugend von heute. Vorbei waren die enervierenden sonntäglichen Mittagstische mit fettigem Schweinebraten und Malakofftorten, an denen die Familie wie dressierte Lipizzaner, geschniegelt und gebürstet, den lieben Verwandten vorgeführt wurde.

Endlich rückten intellektuell anspruchsvollere Gespräche in den Vordergrund, als dass man sich über orthopädische Gehhilfen oder unappetitliche Leibstühle unterhielt. Ein Irrtum, wie sich herausstellte, denn Gott ließ die lieben Verstorbenen spätestens bei der Testamentseröffnung mit einer derartigen Vehemenz in Erscheinung treten, dass man versucht war, wieder an die leibliche Auferstehung zu glauben. Sie hinterließen nämlich nicht nur die Streitereien um alte Bilder, Münzen oder Schmuck, nein, sie vererbten sich in Form von teuren Gräbern weiter und wurden damit für die Hinterbliebenen zu nervenaufreibendem Dauerstress.

Während sich meine Schwestern im Laufe der Jahre über stattliche Bareinlagen und Schmuck freuten, konnte ich mich „stolze Besitzerin" von fünf Gräbern in Wien und Wien-Umgebung nennen, denn die lieben Tanten und Onkeln hatten mir ihre letzte Bleibe als sogenanntes Dauergrabnutzungsrecht hinterlassen. Sie wussten von meiner Liebe zu Friedhöfen und dachten sich alle insgeheim, in mir einen Trottel gefunden zu haben, der ihnen wöchentlich die Ruhestätten pflegen und die obligaten Grablichter anzünden würde. Doch der Trottel begann sich zu wehren.

„Warum muss sich Dankbarkeit für hingebungsvolle Pflege immer nur in Form von Gräbern ausdrücken?", fragte ich frustriert meinen Mann. „Ich wäre mit Tantes doppelreihiger Perlenkette genauso glücklich gewesen!"

„Weil du einfach mehr verdienst als die Verwandtschaft!", bekam ich zur Antwort, was mich nicht wirklich befriedigte.

„Ach so, du hältst ein Grab für *die* adäquate Abgeltung für Arzt- und Krankenhausbesuche, Haushaltsführung und Körperpflege?", fauchte ich zurück.

„Ja und wie!", meinte er. „Ein Grab in Wien ist hundertmal mehr wert als gewöhnlicher Schmuck!"

In keiner Weise konnte ich ihm beipflichten, immerhin mussten die Gräber auch gepflegt werden, was wieder enorme Kosten und Gebühren nach sich zog.

Als sich nun Tante Erna in „die ewigen Jagdgründe" – Manitu sein Dank – verabschiedet hatte, vererbte sie hinterhältig, wie sie war, ihren Smaragdring meiner Cousine Sonja, das teure Augarten-Porzellan meiner Schwester und die kleine Eigentumswohnung einer dauerdepressiven Ewigstudentin namens Marlies, die sich die letzten Jahre rührend um sie gekümmert hatte. Eine Eigentumswohnung, so die Meinung der alten Tante, würde Marlies' Chancen auf dem Heiratsmarkt erhöhen, was sich natürlich nicht bestätigte. Marlies blieb trotz Eigentumswohnung ledig. Mir hatte sie „großzügig" das Familiengrab am Grinzinger Friedhof vererbt.

Wie wunderbar, Grab Nummer sechs! Das war mir nun endgültig zu viel des Guten. Ich sprang bei der Testamentseröffnung vom wuchtigen Fauteuil des Notars in die Höhe und schrie in die Runde, ich würde um nichts in der Welt ein weiteres Grab annehmen, immerhin hatte ich schon Unmengen davon.

„Wie viele denn?", fragte der Notar erstaunt nach.

„Mit Tante Ernas Grab sind es nun sechs! Sechs Gräber, sechs Leichen und sechsmal Gebühren und Kosten für die Gärtner und die Friedhofsverwaltung!", schlug ich verzweifelt um mich. Meinem flehenden Angebot, zwei der Gräber mit Marlies' Eigentumswohnung oder dem Smaragdring von Sonja zu tauschen, konnten weder der Notar, noch meine gierige Verwandtschaft etwas abgewinnen. Außerdem sei ich undankbar und pietätlos dazu, den letzten Willen der lieben Verstorbenen in derart brüsker Weise von mir zu weisen, meinte Cousine Sonja, während sie bewundernd ihren Smaragdring am Finger drehte.

„Miststück!", dachte ich und nahm Grab Nummer sechs in Grinzing murrend an, was mein Mann freudestrahlend zur Kenntnis nahm.

„Mein Gott, ärgere dich nicht, was gibt es denn Schöneres, als später einmal in Grinzing begraben zu werden? Noch dazu mit herrlichem Blick auf den Kahlenberg!"

„Das ist mir völlig wurscht, wo und mit welchem Ausblick ich einmal begraben werde! Gefressen werde ich sowieso. Wurm ist Wurm, egal ob in Döbling, Grinzing oder sonst wo! Ich pfeife auf Familientraditionen und lasse mich einmal verbrennen, damit meine Kinder keine Probleme mit mir haben. Entweder stellt ihr mich als Vase ins Wohnzimmer, verscharrt mich oder pustet mich als Dünger in den Garten!"

Warum nur musste ich ständig für die verkorksten Ansichten meiner Großfamilie büßen? Ärgerlich nahm ich Tante Ernas letzten Willen an.

Zu Jahresbeginn flatterten auch schon die ersten Rechnungen unterschiedlicher Friedhofsverwaltungen ins Haus.

Grab Nummer eins von Onkel Peter am Zentralfriedhof, ein Erdgrab mit Riesensteinmonolit und Kreuz, Miete und Grabpflege um sagenhafte tausendeinhundert Euro pro Jahr!

Grab Nummer zwei und drei am Döblinger Friedhof. Tante Erna und Onkel Hermann konnten sich zeitlebens nicht vertragen und schliefen in getrennten Ehebetten. Dies sollte auch nach ihrem Tod beibehalten werden. Beide Ruhestätten waren vergleichsweise bescheiden, ein Granit mit Umrahmung und Kiesel. Jahresmiete: fünfhundert Euro pro Person. Onkel Kurt, Mitglied des Wiener Gemeinderates, bestand auf einem Grabmal in Gestaltung eines überdimensionalen Steinsarkophags, der seiner politischen Gesinnung auch im Jenseits entsprechen sollte. Jährliche Miete von ungeheuerlichen tausendachthundert Euro, dafür keine Grabpflege. Großcousine Martha „schlief" in Liesing um proletenhafte sechshundert Euro. Die Urgroßeltern ruhten günstig in Klosterneuburg. Siebenhundert Euro Miete – das entsprach fast schon einem in Wien üblichen „Friedenszins"– plus tausendzweihundert Euro, weil wir uns testamentarisch dazu verpflichten mussten, die Eibe, die vor dem Grab stand, entfernen zu lassen. Der Baum versperre den Blick auf die Donau, hatten die beiden schon zu Lebzeiten moniert. Die Möglichkeit, die Urgroßeltern im Grab der Schwiegerfamilie, ebenfalls am Klosterneuburger Friedhof, bestatten zu lassen, kam erst gar nicht in Betracht, weil sich die Schwiegertochter und die Schwiegermutter wie Katz und Hund gehasst hatten, bedingungslos auch im Jenseits.

Obwohl ich stolze Besitzerin von Dauernutzungsrechten auf Grund und Boden in Wien und Wien-Umgebung war, fraßen mich die Grabgebühren systematisch auf. „Wir können uns die vielen Gräber einfach nicht mehr leisten!", herrschte ich meinen Mann an und warf ihm die vielen Jahresabrechnungen der Friedhofsverwaltungen theatralisch auf den Küchentisch.

„Warum denn nicht? Ich dachte, du verdienst als Schriftstellerin genug mit deinen Büchern?"

„Die Kosten gehen in die Zigtausende! In Zukunft werde ich meinen Verlag veranlassen, die Hälfte meiner Honorare direkt an die Friedhofsverwaltungen und Gärtnereien zur

Anweisung zu bringen, weil unsere Verwandten alle exaltierte und streitsüchtige Trottel waren!“

Diese egoistische Form der Single-Bestattung in meiner Familie war unökonomisch und in höchstem Maße unökologisch. Die vielen Gräber trugen zu einer massiven Bodenversiegelung bei, mir wäre zu diesem Zeitpunkt ein simples Massengrab für die liebe Verwandtschaft weit lieber gewesen.

Für die Lösung meines Problems gab es nun zwei Möglichkeiten. Entweder musste ich einen Bestseller schreiben, um mich aus dem finanziellen Desaster zu befreien, oder die Toten samt ihrer Gräber irgendwie loswerden. Ich entschied mich für die zweite Variante, Erstere schien mir doch etwas zu illusionär, weil es leichter ist, sich seiner Toten zu entledigen, als in Österreich als Satirikerin zu reüssieren.

Die Frage war nur, wie? Ich rief einige Bestattungsunternehmen an und traf mich heimlich mit den Herren. Nach einigen Sondierungsgesprächen hatte ich einen älteren, offensichtlich bestechlichen Quasimodo zur Hand, der die Totenruhe um tausend Euro und zwei Flaschen Schnaps „vergessen“ wollte, um mir bei meinem perfiden Plan zu helfen. Wir hatten vor, Erna, Frieda, Hans und den Rest der Verwandtschaft heimlich auszugraben, und diese zu Onkel Kurt in den großen Steinsarkophag am Döblinger Friedhof zu legen. Die nun freigewordenen Grabstellen konnte ich danach zwar höchst illegal, aber sündhaft teuer an Hundebesitzer weitervermieten. Unter der Hand, versteht sich.

Pro Erdgrab brächte ich drei mittelgroße Hunde wie Dalmatiner oder Golden Retriever unter, nur beim Grinzinger Friedhof wollte ich eine Ausnahme machen und dort kleine Schoßhündchen wie Malteser oder Chihuahuas ganz nach den Wünschen betuchter Paare würdevoll bestatten lassen. Mit dieser Größe gingen sich dann bis zu sechs Vierbeiner pro Grab aus. Mein Kalkül für einen Chihuahua fünftausend Euro, bei einer durchschnittlichen Liegezeit von fünf Jahren zu verrechnen, würde sicher eine entsprechend große Nachfrage finden. Hundebesitzer sind bekanntermaßen eine dankbare und finanzkräftige Klientel. Sie zahlen ein kleines Vermögen, damit ihre Lieblinge auch menschlich angemessen in den Himmel kommen. Döbling, Währing und Klosterneuburg waren für die Hunde ideal und verschafften mir den Reichtum, den ich mir schon längst verdient hatte.

Als ich mit Gummistiefeln und Spaten bereits vor der Türe stand, versperrte mir Odysseus den Weg. Ich konnte es nicht fassen. Mein Odysseus, wie ich meinen geliebten Ehemann bewundernd nannte, fiel mir in den Rücken! Mein griechischer Held – immerhin hielt er es in meiner Großfamilie bereits dreißig Jahre aus –, der mich stets listig und mutig durch die Wogen des Lebens begleitet hatte, er stand nun breitbeinig vor mir und hinderte mich daran, mein Glück selbst in die Hand zu nehmen.

„Kommt doch überhaupt nicht infrage! Ich lasse es nicht zu, dass du diese wunderbaren Friedhöfe zu Hundezonen machst!“, meinte er zornig und entriss mir das Werkzeug.

„Gut, wie du willst! Wenn du mich daran hinderst, dann lasse ich mich scheiden und heirate eben einen Pompfüneberer, dann bin ich endlich meine Sorgen los!“

Odysseus schmollte, weniger über die Androhung einer möglichen Scheidung als über die Tatsache, dass ich ihm einen faden Sargträger vorzog.

Ich ging trotzdem und wartete in der Dunkelheit vor der Friedhofsmauer auf meinen Komplizen, der … auch nach Stunden … nicht erschien.

Der gute Mann hatte Tage zuvor das Geld und den Schnaps dankend angenommen und einfach auf mich vergessen. Sauerei! Frustriert fuhr ich nach Hause und ließ mich heulend am Küchentisch nieder. Vorbei war mein Plan, vorbei mein Traum, keine toten Malteser oder Golden Retriever und somit auch kein Geld.

Vor mir lag die Post, darunter ein Brief aus Linz mit schwarzer Umrandung. Fein, wieder einer aus der Verwandtschaft gestorben, dachte ich und trank ein Glas Prosecco zur Prophylaxe. Sterben war in jeder Hinsicht frustrierend. Jetzt war mir klar, weshalb die Bestatter dem Alkohol so wohlwollend zugetan waren.

Gestorben war die kinderlose Tante Maria, die Arme, im 96. Lebensjahr. Sie hatte mir ein Grabmal, einen Epitaph am Linzer Stadtfriedhof hinterlassen, gleich neben dem oberösterreichischen Altlandeshauptmann, mit der Bedingung, es die nächsten zwanzig Jahre zu betreuen und zu besuchen. Das Grab wäre eine Okkasion und als letzte Ruhestätte nicht nur ästhetisch, sondern auch gesellschaftspolitisch höchst attraktiv. Immerhin „schlief" sie neben einem verdienten Landeshauptmann und ÖVP-Politiker, hatte sie mich brieflich wissen lassen.

Ich sank in den Sessel und ließ die Benachrichtigung aus meinen Händen gleiten. Neeeein! Nicht schon wieder! Als Dankeschön für die Pflege ihres Grabes hatte sie mir testamentarisch ihr altes Haus gleich neben dem Friedhof überschrieben, das ich für meine Großfamilie nutzen konnte. Da hatte ich zu allem Übel in Form des Grabes Nummer sieben noch eine baufällige Ruine am Hals. Ich trank wieder einen beherzten Schluck und gab auf. Mir blieb eben nichts anderes übrig, als einen Bestseller zu schreiben, also setzte ich mich an meinen Computer und fing wie rasend zu tippen an.

Nach ein paar Monaten erhielt ich einen Brief des Linzer Magistrats. Aufgrund der demografischen Entwicklung und der steigenden Mortalität der Bevölkerung bestünde seit Jahren großer Mangel an Grabstätten. Man gedenke, den Linzer Friedhof großzügig zu erweitern und mit Zufahrtsstraßen zu versehen. Den Bauvorhaben stünden nun das Haus und der Grund von Frau Maria W., also meiner verstorbenen Tante, im Wege, wofür man mir eine Summe von hundertfünfzigtausend Euro als Abgeltung anbieten würde. Aufgrund meines ausgeprägt wirtschaftlichen Denkens, immerhin habe ich Betriebswirtschaftslehre studiert, einigte ich mich mit der Linzer Verwaltung auf einhundertsiebzigtausend Euro.

Für einige Zeit habe ich meinen Schreibtisch und auch meinen neuen Bestseller verlassen. Ich kontrolliere nun den

Baufortschritt am Döblinger Friedhof. Onkel Kurt habe ich einäschern lassen, er liegt jetzt bei Tante Erna im Grab, ich brauche nämlich seinen großen Sarkophag für mich und meine Familie.

Weil – ganz ehrlich – der Blick auf die Stadt Wien und auf den Kahlenberg ist von dort aus schon überwältigend schön und eigentlich für Vierbeiner viel zu schade!

Wie heißt es so schön in den heiligen Schriften? „Du sollst Gott nicht auf die Probe stellen!" Lässt sich zukünftiges Leben noch in irgendeiner Form beeinflussen, sei es durch Änderung seines Sexualpartners oder durch gelebte Askese, so verhält es sich mit dem Tod genau umgekehrt. Erbarmungslos offenbart er sich als „die sicherste Sache der Welt". Gott lässt sich bei diesem Spiel ungern in die Karten schauen. Er spielt, wie er will, manches Mal auch unfair und hinterlistig, wie folgende Geschichte erzählt:

Fast wie in Mayerling

„Hasilein, ich habe schon wieder vergessen, wo ich die Tabletten gegen meinen Alzheimer hingelegt habe. Hast du sie vielleicht gesehen?"

„Nein, mein Schatz, die müssten eigentlich oberhalb der Spüle liegen. Brauchst du die denn überhaupt noch zu nehmen?", fragte Oskar seine Frau, während er sich genüsslich seine Marmeladesemmel in den Mund schob.

„Stimmt, mein Hasilein, die brauche ich wirklich nicht mehr!"

Hedwig lächelte verschmitzt und ließ sich wieder am Frühstückstisch nieder.

„Eben! Ich pfeif' auch auf mein Cholesterin. Morgen ist ohnehin alles vorbei. Keine Medikamente, keine Arztbesuche, keine lästigen Gerichtstermine, und die Bank kann uns jetzt auch kreuzweise!" In Anbetracht des bevorstehenden Ereignisses pfiff Oskar sogar auf jegliche sprachliche Contenance. Es war ohnehin – fast alles – egal.

Hedwig hauchte ihrem Mann ein Kussmündchen zu und trank einen großen Schluck Kaffee aus ihrer Tasse. „Sag, tut es denn auch bestimmt nicht weh?"

„Nein! Das haben wir doch schon Hunderte Male besprochen, du spürst den Schuss garantiert nicht. Und bevor es noch zum Wehtun anfangen könnte, bist du längst tot!"

Hedwig rutschte trotzdem nervös auf ihrem Sessel herum. „Und wenn ich gar nicht so richtig tot bin, dann erschießt du dich, und ich lebe vielleicht noch. Überlege einmal, das wäre schrecklich! Dement und eine Kugel im Hirn."

„Glaube mir, Schnurlimaus, ich kenn' mich da aus! Schließlich bin ich Jäger. Ich mache das genauso wie der Erzherzog Rudolf in Mayerling. Der hat auch zuerst seine Geliebte, die Baronin Vetsera, erschossen und dann sich selbst. Ich mach' das ganz zärtlich, vertraue mir!"

„Lieb von dir und so herrlich romantisch! Kannst du dich noch an den Film *Kronprinz Rudolfs letzte Liebe* mit Rudolf Prack erinnern? Ach, war das ein Bild von einem Mann!" Hedwig blickte verträumt aus dem Fenster.

„Schnurlimaus, *ich* bin doch seit fünfzig Jahren dein Rudolf!"

„Natürlich, Hasilein! Ich weiß trotzdem nicht so recht, mir behagt das Ganze nicht. Auf alle Fälle gäbe es nach unserem Tod eine Mordssauerei in der Küche. Denk doch an das Blut, das macht einfach scheußliche Flecken, und eingetrocknet kriegt man das nicht einmal bei einer Kochwäsche wieder sauber!"

„Na und? Um das kümmern sich dann die anderen!"

Eine kurze Zeit herrschte bedrückende Stille am Tisch, dann fing Hedwig wieder an: „Genau das wollte ich ein Leben lang vermeiden. Du weißt, mein Hasilein, als wir unsere langen Reisen nach Italien und Frankreich gemacht haben, habe ich vorm Wegfahren immer Ordnung gemacht, damit wir es schön haben, wenn wir wieder nach Hause kommen."

„Ich habe das bei euch Frauen nie verstanden."

„Was denn?"

„Aufräumen, bevor man wegfährt!"

„Warum nicht? Ist doch schön, wenn man wieder in ein gepflegtes Haus heimkommt."

„Schnurlimaus, da hätten wir nie wegfahren müssen, weil es ja zu Hause immer nett ist. Aber jetzt sind deine Sorgen unberechtigt."

„Warum?“

„Weil es unsere letzte Reise ist.“

„Umso mehr will ich alles sauber hinterlassen. Ich meine ja nur, vielleicht wäre Gift doch etwas appetitlicher! Zumindest für die, die uns danach wegräumen müssten!“

„Warum bist du so nervös?“

„Natürlich bin ich nervös! Es ist ja das erste Mal, dass wir uns umbringen wollen!“, meinte Hedwig trotzig.

Oskar versuchte abermals, seine Frau zu beruhigen: „Schau, Schnurlimaus, wir haben doch alle möglichen Varianten in Betracht gezogen und besprochen. Ertrinken in der kalten Jahreszeit war dir zu unangenehm, Erhängen zu aufwändig und ein Sprung vor die ÖBB zu unsicher.“

„Stimmt. Bei den ständigen Fahrplanänderungen versäumst am End' sogar deinen eigenen Tod!“, lachte Hedwig.

„Da bleibt eben nur mehr der Revolver übrig! Denk doch an die Schlagzeilen! Das wird großartig!“ Oskar deutete mit seiner Hand einen Schriftzug in die Luft: „In alle Ewigkeit vereint – Ehepaar wählt Freitod.“

„Mir wäre Gift trotzdem lieber!“, gab Hedwig zu bedenken, sie dachte sofort wieder an ihre erst vor zwei Jahren neu renovierte Küche.

Oskar hatte bereits die Semmel verspeist und machte sich am gekochten Ei zu schaffen. „Gift? Ich bitte dich! Gift ist unmännlich. Was glaubst du, was meine Jagdkollegen sagen würden? Ich kann mir ihr verschmitztes Gelächter beim Begräbnis jetzt schon vorstellen. Da hat er den Schrank voller Waffen, und dann hat der Mensch keine Eier in der Hose und macht's mit Gift!“

Verärgert schob Oskar das Ei zur Seite, ihm war der Appetit vergangen. Ein Jäger sei eben ein Jäger bis zum letzten Schuss. Schluss! Gift kam für den Weidmann somit nicht infrage.

„Vielleicht gibt es da doch noch eine andere Möglichkeit?“

„Und welche bitte?“ Oskar wurde sichtlich grantig.

Hedwig verstummte kurz, dann fing sie an: „Schau, du hast ja einen schweren Herzfehler, oder?“

„Worauf willst du hinaus?" Oskar starrte seine Frau zornig an.

„Du bräuchtest nur ein paar Tage deine Medikamente nicht nehmen und dann …"

„Und dann?", fauchte Oskar bereits ziemlich ungestüm.

„Dann fangen wir irgendeinen depperten Streit an, wegen einer Lappalie, so wie wir es früher immer getan haben. Du ärgerst dich grün und blau, wirst immer aggressiver, bekommst zuerst ein Kammerflimmern und dann einen schönen Hinterwandinfarkt. Das geht ganz schnell, hat mir der Arzt gesagt!"

„Um Gottes willen, hast du mit dem Arzt darüber gesprochen?", schrie Oskar seine Frau an, „die Sache" bedurfte größter Geheimhaltung.

„Nein! Kein Wort! Obwohl ich vor einigen Jahren schon vorhatte, dich umzubringen. Aber das war vor dreißig Jahren, immerhin hattest du damals ein Pantscherl mit deiner Sekretärin. Ich habe dir aber verziehen! Wer hätte geahnt, dass wir uns im Alter erst so richtig lieben würden, mein Hasilein!"

Oskar ließ sich von Hedwigs Liebkosungen beruhigen und griff wieder nach seinem geköpften Frühstücksei. „Das mit dem Kammerflimmern ist nicht ganz durchdacht, meine Liebe!"

„Warum denn nicht?"

„Na überlege einmal, ich nehme keine Medikamente, wir fangen zu streiten an, ich bekomme den Hinterwandinfarkt und sterbe in deinen Armen, und dann?"

„Was dann?"

„Hedwig, schluck bitte sofort eine Tablette gegen deine Demenz!"

„Oskar, du bist geschmacklos, mich ein paar Stunden vor unserem Freitod an meinen Alzheimer zu erinnern!" Hedwig war sichtlich beleidigt.

„Sei bitte nicht eingeschnappt, aber denk einmal nach, wer dann überbleibt, wenn ich an einem Herzinfarkt sterbe?"

„Die gierige Verwandtschaft?"

„Nein!"

„Die Bank? Aber der Kredit ist doch jetzt völlig egal, hast du selbst gesagt, die könnten uns doch alle einmal am A …“ Weiter konnte Hedwig nicht sprechen, Oskar nahm seine Frau liebevoll in die Arme: „Nein Schnurlimaus, du!“

„Wer? Ich?!“

„Ja!“

Hedwig stand auf und holte sich die Tabletten. Zumindest wollte sie in den letzten Stunden noch geistig fit sein. „Stimmt, mein Hasilein! Du hast ja wieder einmal so recht! Dann eben kein Herzinfarkt! Aber gut wäre der Plan schon gewesen, oder?“

„Ja, nur nicht ganz durchdacht!“

Beide saßen am Tisch und starrten in ihre Kaffeetassen. Plötzlich schrie Hedwig auf: „Ich hab's!“

„Ja?“

„Ich habe eine blendende Idee! Wir machen das trotzdem mit deinen Herztabletten. Du nimmst keine, wir streiten nicht, sondern erzählen einander Geschichten aus unserem Leben und lachen uns zu Tode! Ich will nämlich lachend aus dem Leben gehen, und zu erzählen gäbe es ja genug. Kannst du dich noch an die witzige Geschichte der senilen Tante Grete erinnern? Als sie ihre schweren Einkaufstaschen nach Hause schleppte und überlegte, was sie eigentlich vergessen hatte einzukaufen.“

Hedwig stieß in einer Fontäne den Schluck Kaffee aus ihrem Mund und krümmte sich vor Lachen. Oskar brüllte mit: „Sie ging durch den Park und ein Spanner sprang aus dem Gebüsch …“

Hedwig nahm ihm das Wort aus dem Mund: „… dann hat der Idiot seinen Mantel geöffnet … und sie … ha, ha, ha …“

Oskar wuzelte sich auf dem Tisch und nahm aus seiner Jackentasche eine Herztablette.

„… dann hat er ihr sein … ha, ha, ha … gezeigt und sie …“

Hedwig bekam vor Lachen kaum mehr Atem: „… Sie, die dumme Nuss, hat den nackerten Mann ang'schaut, sich auf die Stirne gegriffen und gesagt … ha, ha, ha …“

Oskar rang ebenfalls nach Luft: „… Jesus, Maria! Die Schrimps hab' ich vergessen!“ Woraufhin der Attentäter der Familienlegende nach frustriert das Weite gesucht hatte.

„Das ist ja zu köstlich!“, meinte Hedwig und wischte sich die Tränen aus dem Gesicht.

Oskar benötigte ein paar Minuten, um wieder ernst und sachlich zu werden: „Nein, Schnurlimaus, das mit dem Totlachen ist zwar lustig und wäre eine echte Alternative zu den herkömmlichen Selbstmorden, aber in unserem Fall nicht effizient. Da bleibt immer einer von uns übrig. Das geht nicht.“

Hedwig stimmte zu. Totlachen war keine Alternative. Also doch der Revolver.

„Weißt du was?“, meinte Hedwig, „zur Feier des Tages machen wir uns eine gute Flasche Champagner auf, quasi als Aperitif.“

„Ist der Champagner nicht für unseren fünfzigsten Hochzeitstag nächstes Jahr gedacht?“, fragte Oskar.

Hedwig lachte: „Also nun glaube ich, du hast Alzheimer! Dummerchen, in ein paar Stunden sind wir im Paradies, nüchtern oder betrunken!“

Hedwig stand auf, ging in die Speisekammer und holte die Flasche Champagner, die sie sofort öffnete und das sprudelnde Getränk in zwei langstielige Sektgläser goss. Sie prosteten einander zu und tranken die Gläser in einem Zug aus. Sofort goss Oskar die zweite Runde ein. „Prost auf unsere Bank! Die können sich nun unseren Fremdwährungskredit in den Hintern schieben! In einigen Stunden können die den Kredit in ihrer Bilanz abschreiben. Schön war es mit dir Schnurlimaus, das ganze Leben! Die extravaganten Urlaube, die luxuriösen Autos, das teure Haus! Alles war perfekt!“

„Und unsere liebe Verwandtschaft?“, fragte Hedwig besorgt nach.

„Die kriegt keinen Cent!“ Wieder schlürfte Oskar gierig an seinem Sektglas. „Wenn die wüssten! Alles ist verloren, einfach futsch, weg, die Firma, die Villa und die Autos! Die glauben doch tatsächlich, dass sie etwas von uns erben. Nichts werden sie kriegen, nur Schulden! Haben es auch nicht anders verdient, dieses falsche Pack. Wie sie seit meiner und deiner Erkrankung täglich in unser Haus gekrochen sind und sich eingeschleimt haben, war schon ziemlich abstoßend. Da hat sich die liebe Familie Monate und Jahre nicht bei uns anschauen lassen, und wenn es uns etwas schlechter geht, dann kommen sie alle wie die Schmeißfliegen hergeflogen und erwarten sich ein Vermögen. Die werden morgen Augen machen!"

„Ist wirklich nichts mehr von unserem Vermögen übrig?" Hedwig trank wieder aus ihrem Glas.

„Fast nichts! Ein-, zweitausend Euro! Aber nichts im Vergleich zu unserem Kredit. Immerhin haben wir gut davon gelebt, und nun haben die Erben das Bummerl, mir ist das völlig egal!"

Oskar hatte bereits die zweite Flasche geholt, ließ den Korken ins Zimmer fliegen und liebkoste Hedwig zärtlich. „Irgendwie ist es schade, dass wir diesen Schritt tun müssen, gerade jetzt, wo wir uns so wunderbar verstehen! Vielleicht verschieben wir das Ganze noch auf ein paar Wochen und fliegen in die Karibik?"

„Nein!", antwortete Hedwig. „Jetzt haben wir uns schon einmal entschlossen und nun bleiben wir auch dabei! Was du heute kannst besorgen, das verschiebe nicht auf Morgen! Das hat schon meine selige Frau Mutter immer gesagt!"

„Bitte erinnere mich nicht an deine Mutter, sonst vergeht mir die ganze Freud'!"

Es läutete an der Eingangstür, beide schreckten aus ihren dunklen Gedanken hoch. Hedwig stand vom Frühstückstisch auf und schleppte sich bereits etwas benebelt zur Türe. Es war der Postbote und übergab Hedwig Zeitungen, Werbematerial und unter anderem auch eine Parte.

„Oh, wie schrecklich!", meinte Hedwig, die sich wieder an den Küchentisch niedergelassen und sich erneut ein Glas Champagner eingeschenkt hatte. „Hier ist ein Kuvert mit schwarzer Umrandung, eine Parte! Ich kann den Brief nicht öffnen, schon wieder ist einer unserer Freunde gestorben!"

Sie übergab zitternd die Parte an Oskar, der sie öffnete und würdevoll vorlas: „In großer Trauer geben wir bekannt, dass Frau Hedwig und Herr Oskar Pissecker am 25. Juni bei einem tragischen Unfall völlig unerwartet aus dem Leben geschieden sind. Die kirchliche Trauerfeier findet am 30. Juni um 14:45 Uhr in der Gedächtniskirche am Wiener Zentralfriedhof statt."

Oskar ließ die Parte völlig geschockt auf seine Knie rutschen, „Verdammt, das sind ja wir beide! Du hast doch nicht im Ernst …?"

Weiter konnte er nicht reden, Hedwig stand erbost vom Tisch auf. Ja, sie sei es gewesen, meinte sie trotzig, die die Parte geschrieben und in Auftrag gegeben hätte. Sie hätte die Traueranzeige an alle Familienmitglieder versendet. Beim Schreiben sei ihr eben auch ihre gemeinsame Adresse eingefallen, so hätte sie es auch immer bei den Weihnachtskarten getan. Es hätte sich ja sonst niemand in der Familie darum gekümmert. Sie sei eben immer schon ein selbstbestimmter Mensch gewesen, nichts dürfte dem Zufall oder gar der intriganten Verwandtschaft überlassen werden. Der Termin ihres Todes war für beide ohnehin festgestanden. Sie hätte einfach nur vorgesorgt, damit die Trauerfeierlichkeiten auch in Würde begangen werden könnten. Mit Tränen in den Augen beendete sie ihre Verteidigung: „Ist dir das nicht recht, mein Hasilein?"

Oskar war geschockt: „Das haben wir nun von deiner Vergesslichkeit, heute ist erst der 15. Juni!"

Hedwig hatte den Einwurf ihres Mannes ignoriert und antwortete schnippisch: „Ich weiß, deswegen müssen wir es ja heute tun, spätestens morgen! Dann sind wir auch wieder nüchtern, und du zitterst nicht mehr so!"

Oskar war außer sich vor Wut: „Aber nein! Du Dummerchen hast dich im Datum geirrt, da sind noch zehn Tage Zeit! Du kannst doch nicht eine Parte auf unseren Todestag aufsetzen und an alle verschicken!"

„Aber das macht doch nichts!" Hedwig konnte die Erregung ihres Mannes nicht nachvollziehen.

„Jetzt haben all unsere Freunde und Bekannte unsere Todesanzeige erhalten! So etwas bringt mich in unnötigen Stress! Denk doch an mein Herz!“

„Ach, glaube mir mein Schatz, das geht alles in Ordnung! Und noch etwas. Ich habe mit dem Rest unseres Geldes bei EuroMillionen mitgespielt. Ich habe auf die Zahlen 30, 6, 25, 15, 14 und 45 getippt. Ich dachte, die Zahlen unseres Begräbnistermins sind etwas ganz Besonderes. Das sind unsere Glückszahlen, Hasilein!“

Oskar griff sich an den Kopf und stöhnte. Mit seiner Frau war offensichtlich nicht einmal ein suizidales Mayerling zu planen. „Das ist eine Katastrophe! Jetzt haben alle die Ankündigung, wir noch zehn Tage Zeit, und wenn wir das große Los ziehen, nichts von unserem Gewinn! Weil wir bis dahin schon tot sein müssen!“

„Ich verstehe deine Aufregung nicht!“, meinte Hedwig irritiert.

„Hedwig, wir müssen umdisponieren!“ Dabei griff er sich an sein kränkelndes Herz.

Oskar und Hedwig Pissecker disponierten um. Aufgrund ihrer immensen Schulden und ihres bereits angekündigten Todes mussten sie das Land schleunigst verlassen. Die beiden packten in Windeseile ihre Koffer, buchten vom Rest ihres Bargeldes einen drittklassigen Charterflug in die Karibik und verließen Hals über Kopf ihr Haus. Den Lottoschein vergaß Hedwig in der Eile auf dem Küchentisch, auch ihre Alzheimertabletten.

Am 15. Juni stürzte das Flugzeug beim Landeanflug auf Guadeloupe ab. Aus sicheren Polizeikreisen wurde bekannt, dass bei der Notwasserung fast alle Insassen gerettet werden konnten. Nur ein altes Ehepaar aus Österreich schaffte es nicht mehr rechtzeitig, das Flugzeug zu verlassen.

Bei der Ziehung von EuroMillionen gewannen übrigens die Zahlen 30, 6, 25, 15, 14 und 45, der Tag und die Uhrzeit des Begräbnisses, so wie es der Plan von Hedwig und Oskar

Pissecker vorgesehen hatte. Fast so romantisch wie damals in Mayerling, aber eben nur fast. Die trauernde Familie kann sich nun über fünfundneunzig Millionen Euro freuen.

„Wien ist die lebenswerteste Stadt, man könnte fast auch sagen, sie ist die sterbenswerteste Stadt." Aus einer Rede von Peter Holeczek, Bestattung Wien

Shopping Queen

Ich würde einen respektlosen Umgang mit dem Tod pflegen. Das meinte zumindest meine geliebte Schwiegermutter ironisch lächelnd, als ich sie zu einem prominenten Wiener Bestattungsinstitut mit dem klingenden Namen *Paradise forever* begleitete. Die ganze Geschichte war ja auch zu komisch.

Ihrer Schwester Helene hatte das Schicksal völlig unerwartet einen Strich durch die Lebensplanung gemacht. Eigentlich wollte die steinreiche Ende Fünfzigerin – das genaue Alter erfuhren wir nie, obwohl sie weit über siebzig war – ein paar schöne Urlaubswochen auf Malta verbringen. Ihre absolvierte Kur in Bad Gastein war überaus anstrengend gewesen, sie musste sich von den Strapazen erholen. Helene hatte nach jahrelangem und übermäßigem Zigaretten- und Proseccokonsum tatsächlich einen Herzinfarkt überlebt, und nun das! Eine dumme Unaufmerksamkeit kostete sie das Leben. Bum, zack, und vorbei war es mit ihr. Dabei hatte sie noch an der Unfallstelle dem geschockten Taxifahrer im derbsten Wiener Fiakerjargon nachgebrüllt: „Sie maltesischer Volltrottel! Sie fahren ja auf der falschen Straßenseite!" Sie hatte sich natürlich geirrt. In Malta gilt Linksverkehr, aber das war Gevatter Tod egal. Er hielt an Helene fest und zog ihre Seele zu sich, ihren Körper ließ er charmanterweise der Familie zurück.

Die Arme traf es tatsächlich „auf dem falschen Fuß".

Da hatte sie ihr ganzes Leben ewiger Jugend und ewiger Schönheit geopfert, und nun kam für sie die göttliche Ewigkeit völlig überraschend. Wie üblich überließ der Allmächtige uns Hinterbliebenen die Kosten einer sündteuren Überführung, die Organisation des Begräbnisses, vor allem aber die schwierige Aufgabe, Helenes sterbliche Überreste nach den neuesten Modetrends zu bestatten. Sie hatte für diese Aufwendungen dreißigtausend Euro schon zu Lebzeiten bereitgestellt und testamentarisch verfügt, sie nach „dem letzten Schrei" beerdigen zu lassen. Ihr Begräbnis sollte ganz den Vorstellungen einer Viviane Westwood entsprechen, nichts sollte daran erinnern, dass sie Spross einer bäuerlichen Kleinfamilie aus dem Waldviertel war.

Eigentlich war Helene mit ihren Kapricen meiner Schwiegermutter schon lange auf die Nerven gegangen, die beiden Schwestern waren wie Tag und Nacht. Während sich die eine mit Kindern, Haushalt und Beruf abquälte, besuchte die andere teure Fashionweeks in London, Paris und Mailand, sprach danach auch nur im besten Französisch und mokierte sich bei Familientreffen lautstark über die kalorienreichen österreichischen Gerichte, wo doch Austern viel bekömmlicher waren. Die Martinigans im November ließ sie sich dann aber trotzdem jedes Jahr genüsslich schmecken.

„Diese Frau kann einfach nicht in den Himmel kommen, die ist sogar dem Teufel zu schlecht!", bemerkte ich wohlwissend, dass diese Aussage auf großes Verständnis bei meiner Schwiegermutter stoßen würde.

Kurze Zeit später saßen wir vor einem gut gekleideten Herrn, der uns mit süßlich-weicher Stimme in Empfang nahm. Es war nicht ganz von der Hand zu weisen, der Berater glich nicht nur in seinem Äußeren Guido Maria Kretschmer aus der Sendung *Shopping Queen*, er hatte dieselbe weibliche Art, uns zu verführen. Und wir ließen uns verführen – ganz leicht sogar.

„Gnädige Frau!", fing er an, nachdem er uns hundertfach sein aufrichtiges Beileid für den schmerzlichen Verlust ausgesprochen hatte, und schob meiner Schwiegermutter die bereits vorbereiteten Kataloge unter die Nase. „Das letzte Bettchen Ihrer geschätzten Schwester muss sorgfältig ausgesucht und goutiert werden, das ist absolut wichtig. Ich darf in diesem Zusammenhang meinen Schöpfer, meinen Gott

Karl Lagerfeld zitieren: ‚Ich finde es besser, wenn sich Leute im Grab umdrehen, als ewig oder – gar hässlich – zu liegen.‘ Ein Sarg …“, er legte bei diesen Worten die Hände vor seine Augen, „Gott, wie mich dieses brutale Wort immer wieder niederschmettert. Verzeihen Sie meine Emotionalität, also diese Ruhestätte sollte natürlich wirken! Dies entspricht auch dem neuen Trend von Klimaschutz, also kein Messing oder Eisen! Nein, aus Holz muss sie sein. Aber nicht irgendeine klimagebeutelte österreichische Kiefer oder Fichte. Ich stelle mir da etwas ganz anderes vor, zum Beispiel Mahagoni, Teak oder Bangkirai. Ein edles und hartes Holz, unverwüstlich und ästhetisch anspruchsvoll so wie die Verstorbene.“

Meine Schwiegermutter war von den Beschreibungen, mehr aber noch von diesem sprühenden Mann sichtlich angetan. Sie hatte ihren Kopf mädchenhaft kokett auf die rechte Schulter fallen gelassen und hing förmlich an seinen Lippen. Ich übernahm die Verhandlungen.

„Aber das sind ja alles Tropenhölzer!“, stellte ich fest, während ich mir die Bilder ansah. Die Särge waren wirklich betörend schön, entsprachen aber in keiner Weise der Forderung einer ausgeglichenen CO_2-Bilanz.

Meinen Einwurf überhörte der Berater diskret und setzte sein Angebot fort, indem er wie eine Spinne meine Schwiegermutter umgarnte: „Schauen Sie sich bitte die Innenausstattung dieses Mahagonisarges an, hier liegt man leicht und bequem, man schwebt förmlich darin. Außerdem riecht das Holz göttlich, es würde Ihrer Schwester gefallen.“

„Wirklich?“, fragte meine Schwiegermutter bewundernd nach.

„Ein herrliches Gefühl, wenn Sie mich fragen, ich habe es schon getestet. In den Mittagspausen gehe ich immer wieder Probeliegen in meine Särge. Der Duft einer Fichte erinnert da eher an einen billigen Saunaaufguss im Wiener Amalienbad, auch die Eiche ist derb, Mahagoni hingegen belebt die Sinne!“

Unser „Mister Shopping Queen“ sprühte aus unterschiedlichen Flakons die Duftnoten der Hölzer auf dünne Papierstreifchen, zog diese gekonnt durch die Luft und ließ uns daran riechen.

„Tatsächlich!", bemerkten wir beide und entschieden uns im Gleichklang für einen Sarg aus Mahagoni.

Immer höher stiegen wir beide in den göttlichen Olymp wahrer Fashionfreuden auf, während der Berater ein kleines Notizbüchlein zückte und die Preise eintrug.

„Nun zur Innenausstattung."

„Innenausstattung?", fragte ich zögerlich.

„Natürlich! Innenausstattung!"

Er legte die Sargkataloge zur Seite und informierte uns über die Bandbreite unterschiedlicher Stoffmöglichkeiten. Der Sarg könnte mit billigem Seidenkrepp ausgestattet werden, was die Verstorbene sicher nicht billigen würde.

„Mahagoni und Krepp? Gnädigste, ein No-Go in Modekreisen!" Er bekreuzigte sich und richtete seine Augen Richtung Himmel. „Zu Mahagoni empfehle ich Schweizer Seide aus Rubigen. Die wird immer gerne genommen und ist der letzte Schrei in Wien!"

Gierig hatte meine Schwiegermutter in den Stoffballen gegriffen und schmiegte ihre Wangen in die Seide: „Ein herrliches Gefühl, da kriegt man ja richtig Lust zu sterben!"

Der Berater fing zu schmunzeln an: „Apropos Lust zu sterben, darf ich Ihnen ein Gläschen Prosecco anbieten?"

Wir nahmen dankend an, und während wir unseren Prosecco in langstieligen Gläsern genossen, hüpfte der Pseudo-Kretschmer um uns herum und zeigte uns Kostüme, Jacken, Röcke und Hosenanzüge, die zu Mahagoni und Schweizer Seide passten. Die Schwiegermutter entschied sich für ein cremefarbenes Kostüm mit weicher Bluse.

„Da habe ich aber jetzt wirklich ein Problem!", näselte der Bestatter und schüttelte angewidert seinen Kopf. „Ach Herrje! Hier würde eigentlich die Farbe Flieder passen, ich habe die Bluse aber nur mehr in Perlmuttweiß, wie schrecklich!"

„Unmöglich! Sie bringen mich mit dieser modischen Entgleisung in unnötigen Stress! Helene würde das in keinem Fall akzeptieren!", echauffierte sich meine Schwiegermutter und kam sich dabei wie Donatella Versace vor.

Der Berater beruhigte sie: „Ich kenne keinen Stress, ich kenne nur Strass, gnädige Frau!" Danach bot er ihr einen mit Swarovski-Steinen besetzten Hosenanzug an, nach dem sie gierig griff. Er war zeitlos und schön.

„Und die Steine", bemerkte meine Schwiegermutter vorausdenkend, „kannst du dann einmal bei mir weiterverwenden, wenn ich sterbe!"

Herr Guido küsste meiner Schwiegermutter galant die Hand: „Ich hoffe, Sie denken dann auch an mich und mein Institut!"

„Selbstverständlich!", kicherte sie zurück und errötete wie ein Schulmädchen.

Groll stieg in mir hoch, und ich holte die beiden Turteltäubchen abrupt mit der Frage: „Und was kostet der ganze Spaß?" aus ihrem Flirt heraus.

„Eine Okkasion, gnädige Frau! Das gesamte Begräbnis inklusive Sarg, Innenausstattung und Kleidung der verehrten Verstorbenen …", er rechnete in seinem kleinen Büchlein und tippte wie wild auf seinem Smartphone herum, „also *all inklusive* … aber selbstverständlich ohne Totenmahl und Blumenschmuck … da kommen wir … auf … sagenhafte 34 000! Also noch günstiger geht's nicht! Die zwölf altrosa Kerzen, die bei der Beerdigung dicht neben dem Sarg stehen, betrachten Sie bitte als Zeichen meiner Dankbarkeit."

„Na das ist ja fantastisch!", jubelte meine Schwiegermutter, mir fiel vor Schreck das Sektglas aus der Hand.

„Schwiegermama, wir reden von Euro und nicht von Schilling!", zischte ich durch meine Zähne und zwickte sie dabei in den Unterarm, damit sie schnellstmöglich wieder erwachte. Wie im Zeitraffer erstarrte ihr Gesicht zu Stein. Ich konnte an ihren Fingern erkennen, wie sie versuchte, 34 000 mit 13,7603 zu multiplizierten. Als sie dann zu einem Ergebnis gekommen war – meine Schwiegermutter ist auch in Algebra ein Genie –, räusperte sie sich und erklärte ihren plötzlichen

Meinungswandel mit näselnd-aristokratischer Wichtigkeit in ihrer Stimme: „Danke für Ihre freundliche Beratung, aber Ihr Angebot entspricht leider nicht ganz den Vorstellungen meiner Familie. *Noblesse oblige*, guter Mann, das Begräbnis sollte standesgemäß sein, wir haben immerhin gesellschaftliche Verpflichtungen! Meine Schwester hat sich Besseres, nein Außergewöhnlicheres verdient als eine derart ordinäre, verzeihen Sie, eben einfache Ausstattung wie in Ihren Katalogen. Wir präferieren da eher ein typisch österreichisch-josephinisches Bestattungsritual mit passender Bekleidung! Komm Liebes, wir gehen!"

Forsch zog sie mich hoch, wir stellten unsere – selbstverständlich geleerten – Sektgläser auf den Tisch und schritten erhobenen Hauptes in Richtung Ausgang. Der geschockte Mann konnte ihrem „josephinischen" Argument nichts entgegenhalten – in Geschichte hatte er in der Schule wohl nie aufgepasst – und entschuldigte sich hundertfach für den modischen Fauxpas.

Tante Helene wurde also traditionell *josephinisch* begraben, ob sie wollte oder nicht. Die Verstorbene sollte bescheiden mit der alten, zerschlissenen Tracht ihrer Großmutter aus dem Waldviertler Bezirk Schrems in den Himmel auffahren. Der Sparsarg war aus Fichte, aber ohne Unterklappe, ganz pietätlos wollten wir nun doch nicht erscheinen. Die Kosten des Begräbnisses beliefen sich trotzdem auf dreißigtausend Euro. Fünftausend für die Bestattung und fünfundzwanzigtausend Euro für die Organisation „Licht ins Dunkel".

Helene hat unsere kleine Planänderung sicher nicht bereut. Sie sitzt jetzt ganz vorne in den ersten und hellsten Reihen bei den Heiligen. Und solche Plätze kosten schließlich ein kleines Vermögen. Auch im Himmel.

Danke an meine liebe Freundin, Schauspielerin und Kabarettistin Gabriela Benesch für die großartige Idee zu dieser Geschichte, die weit nach Mitternacht in unserer „spirituellen" Runde – eine gute Flasche Rotwein und wir – entstanden ist.

Die Omama im Apfelbaum

Ich entstamme einer ultrareligiösen Familie. Meine Mutter, die Tanten und die Großmütter haben aus mir eine katholische Fundamentalistin gemacht. Auch wenn ich nach außen hin liberal und tolerant erscheine, geht der religiöse Wahnsinn irgendwie nicht weg. Nicht mit Hunderten Selbstfindungsseminaren und schon gar nicht mit Psychotherapie. Meine verstorbene Wiener Großmutter – Gott lass sie selig ruhen – hat immer gesagt: „Bist eine Katholikin, bleibst eine Katholikin. Das ist wie beim Schwimmen, das verlernst du nie!"

Mein schamanischer Freund Hans Dieter, den ich bei einem dieser „speziellen" Seminare kennengelernt habe, sieht das ein wenig anders. Da müssen die Menschen nach ihrem Tod inkarnieren. Also, die kommen dann als Regenwürmer oder als Hühner irgendwo wieder auf diese Welt. Ist auch nicht schön, denke ich, da ist mir die Sache mit dem Himmel und der Hölle schon viel lieber, weil es unkomplizierter und für alle eindeutiger ist.

Aber so richtig Hölle, Sie verstehen, was ich meine? Mit Jüngstem Gericht vorher und danach ab in die Feuersbrunst, also mit Grillen am Rost und ewiger Verdammnis. Gut, liebe Leserinnen und liebe Leser, ich gebe es zu, eine kleine sadistische Ader, Katholizismus bedingt, liegt bei mir in den Genen. Warum ich das mit der Hölle so sicher weiß, fragen Sie sich? Na, weil die Großtante Mitzi im Fegefeuer schmort, und zwar richtig! Zu hundert Prozent.

Die Mitzi war die Schwester meiner Großmutter. Die zwei konnten sich schon zu Lebzeiten partout nicht leiden. Also kämpfte die Mitzi gegen die Omama, die Großmutter gegen meine Mutter, die Mutter gegen beide und ich gegen alle. So wie das in einer ganz normalen und gesunden Wiener Familie eben üblich ist. Und weil es für uns Katholiken ein Leben nach dem Tode gibt, hatten wir beschlossen, Großtante Mitzi sofort nach ihrem Ableben verbrennen zu lassen. Das hatte zweierlei Vorteile. Einerseits konnten wir der Großtante die schrecklichen Höllenqualen ersparen, denn was wollten die Teufel mit einer Handvoll Staub schon anfangen? Andererseits konnte sie meiner Großmutter im mineralischen Zustand nicht mehr viel anhaben.

Die zwei liegen nun seit fünfzehn Jahren friedlich nebeneinander in einem Grab am Döblinger Friedhof. Sonnig und mit Blick auf den Wiener Kahlenberg. Herrlich nicht? Der Platz ist so schön, da kriegt man selbst Lust aufs Sterben. Das Ganze hat damals ein Vermögen gekostet. Denn in Wien ist es nicht egal, wo du begraben liegst.

„Auf den Zentralfriedhof will ich nicht!", plusterte sich meine – Gott selige – Großmutter immer auf, wenn vom Sterben die Rede war. „Am Zentralfriedhof liegen nämlich drei unangenehmen P's begraben: Proleten, Politiker und Peitscherlbuam."

Das war natürlich politisch und gesellschaftlich unrichtig und entsprach auch nicht der Wahrheit, und doch flossen ihr diese P's derart herablassend und leicht von den Lippen, dass man annehmen musste, sie entstamme einem altrussischen Fürstengeschlecht. Dabei kam sie ursprünglich aus Ottakring. Sie wollte unter allen Umständen standesgemäß am Döblinger Friedhof ihre letzte Ruhestätte finden. Bei den Reichen und Schönen eben. Dort wäre es nett. Man bräuchte nicht auf die Straßenbahnlinie 71 warten, die ohnehin nie käme, und am Döblinger Friedhof sei es auch bedeutend ruhiger als in Simmering unter der Südosttangente. „Außerdem", und das war wohl ihr wichtigstes Argument, „sind wir dann endlich *entre nous*" – „unter sich", was sie stets näselnd betonte.

Sie lachen jetzt? Dann erzähle ich Ihnen die Geschichte fertig. Sie werden sich wundern. Aber sagen Sie danach nicht, ich hätte Sie nicht vor meiner Familie gewarnt!

„Omilein", hab' ich ihr noch zu Lebzeiten gesagt, „bitte mach jetzt nicht alles komplizierter, als es ohnehin schon ist. Es ist doch vollkommen egal, wo du begraben bist. Mit oder ohne Blick auf den Kahlenberg, ob sonnig oder halbschattig, luv- oder leeseitig. Hauptsache jenseitig! Und selbstverständlich auf der richtigen Seite beim lieben Gott, nämlich rechts. Da kommen die Guten hin und links die Schlechten. Omi", hab' ich gesagt, „das ist wie im politischen Leben. Du bist im Himmel rechts der Mitte und damit bei den Guten, außerdem hast du ja immer brav deine Kirchensteuer gezahlt, oder? Die Kirchenbeitragszahler kommen immer in den Himmel. Und die Tante Mitzi? Die hat nie bezahlt, also ab in die ewige Verdammnis."

Stur, wie sie war, hatte sie sich davon aber nicht überzeugen lassen. Sie hatte gewonnen und blieb bei ihrer Entscheidung, also Döbling.

Jedenfalls hab' ich den beiden einen Apfelbaum gepflanzt, in der Mitte des Grabhügels, damit sie im Schatten liegen können. Äpfel liebte meine Großmutter, und ich freute mich darüber bei jedem Friedhofsbesuch wie ein kleines Kind. Es erinnerte mich nämlich an die herrliche Sommerzeit und an ihre spektakuläre „Einkocherei". Omama kochte zu Lebzeiten alles ein, von A wie Apfelkompott bis Z wie Zucchini, Obst, Gemüse und alles, was eben verwertbar war. Wäre es technisch möglich gewesen – moralisch war es ihr egal –, hätte sie sogar meinen Großvater und den Hund gleich miteingekocht. Das Problem war, er passte nur zerstückelt in die kleinen Rexgläser. Aber das ist eine andere Geschichte.

Da das Grab am Rande der Friedhofsmauer steht, hat die Verwaltung das Apfelbäumchen übersehen, weil Obstbäume in Friedhöfen bekanntlich nicht erlaubt sind. Meiner Omama war der Baum recht und der Tante Mitzi in der Urne egal, weil die ja bereits zu Staub zerfallen war. Nach vielen Jahren ruft mich eines Tages ein aufgeregter Pompfüneberer an, also ein Friedhofsangestellter aus Döbling, und sagt:

„Frau Grabner, wir haben ein Problem mit Ihrer Großmutter!"

„Ein Problem? Mit meiner Omama? Aber die ist doch eh schon tot! Wie kann so eine Mausetote noch ein Problem machen?"

„Na, weil tot nicht gleich tot ist", meint er. „Da gibt es welche, bum, zack und ab in die Kist'n. Dann gibt es wieder welche, die sind zwar tot, machen aber danach immer noch Stress. Sozusagen halbtot."

„Sie sind ja betrunken, guter Mann!", schreie ich ihn an. „Was erlauben Sie sich! Glauben Sie etwa, die Tante Mitzi und meine Großmutter sind Zombies geworden?"

„Na, gnä' Frau! Ich bin nicht betrunken! Das klingt nur so."

„Na eben, dann reden Sie nicht so ein wirres Zeug daher. Was ist denn los?"

„Am Grab Ihrer Großmutter steht a großer Bam …"

Ich falle ihm sofort ins Wort. „Ist der nicht schön? Ein wunderschöner Baum, ein Apfelbaum. Den hab' ich vor fünfzehn Jahren gepflanzt, damit die Damen später im Halbschatten liegen können …"

„Genau das ist ja das Problem."

„Was? Der Schatten?"

„Na, gnä' Frau, der Bam."

„Wieso ist der ‚Bam' ein Problem für Sie?"

„Für mich ist der kein Problem, aber für die MA 42!"

„Was hat die Magistratsabteilung 42 mit dem Baum von meiner Omama zu tun?"

„Gnä' Frau, der ist zu groß!"

„Wieso ist der zu groß?"

„Wos was i. Zu gut gedüngt, der Boden. Fragen Sie nicht mich, ich bin ja kein Botaniker, aber irgendwas gefällt dem Bam so guat, dass er zu schnell gewachsen ist, und des mögen de von der MA 42 nicht."

„Guter Mann, ich verstehe kein Wort!"

„Gnä' Frau, laut Paragraf 1 Absatz 1 des Wiener Baumschutzgesetztes ist ein Baum, der einen Stammumfang von vierzig Zentimeter hat, in den Wiener Baumbestand aufzunehmen, oder wir miassen eam aussireiß'n."

„Wie bitte? Ich verstehe nicht."

„Fällen!"– Das sagt er mit einem derart wunderbaren L, dass ich sofort weiß, der Mensch kommt aus Wien-Meidling!

„Was fällen? Meinen Baum? Das Geschenk für Omama? Der Schatten, der herrliche Platz, noch dazu, wo das alles ein Vermögen kostet? Kommt überhaupt nicht infrage. Ich sage Ihnen eines, bevor Sie den fällen, kette ich mich an ihm fest wie damals in der Hainburger Au. Ich habe da als Studentin meine Erfahrungen gemacht. Dann hole ich den ORF, die werden mir dabei helfen, immerhin bin ich eine bekannte Schriftstellerin!"

„Na bravo, a Grüne und a Schriftstellerin! Grabner-Hayden? Den Namen kenn i net! Da könnten'S die Frau vom Putin sein oder de von dem Chinesen. Des ist der MA 42 nämlich wurscht. Ist mir auch egal, aber dann wird der Bam in den Wiener Baumbestand aufgenommen."

„Na und? Dann soll er halt stehen bleiben!"

„Gnä' Frau, des hob i von euch dreimalklugen Leuten echt schon satt. G'scheit daherreden und keine Ahnung vom Sterben haben. Wie sollen wir denn das Grab öffnen, wenn der Bam draufsteht?"

„Warum sollen wir denn das Grab öffnen?"

„Na, für die nächsten Toten."

„Welche Toten? Es wird in naher Zukunft keine Toten in unserer Familie geben!"

„Des hot die Amy Winehouse a g'laubt. Und dann is die urplötzlich g'sturbn."

„Ja, vergessen Sie die Winehouse, die macht mir keinen Stress. Außerdem stirbt jetzt niemand so schnell in unserer Familie."

„Wie alt san Sie denn, gnä' Frau?"

„Das geht Sie gar nichts an, Sie botanischer Irrläufer!"

„Warum Frauen immer so stur sand? Bin ich froh, dass ich mich hab' scheiden lassen."

„Ihre Beziehungsprobleme kratzen mich nicht die Spur. Also, das Grab bleibt zu und der Baum drauf! Zu hundert Prozent stirbt bei uns jetzt niemand."

„Der Tod gibt keine Garantie, gnä' Frau!"

„Jetzt hören Sie mir doch mit ihrem pseudophilosophischen Gequatsche auf! Wenn ich sage, es wird nicht gestorben, wird nicht gestorben. Basta."

„Sehen Sie, genauso war meine Frau auch! Bin ich froh, dass ich die endlich los bin."

Kurze bedrückende Stille herrscht am Telefon, dann fang ich wieder an: „So, was tun wir nun mit dem Baum?"

„Gemäß Paragraf 1 Absatz 1 …"

„Weiß ich. Weiter!"

„… kommt der Baum jetzt in den Wiener Baumbestand. Wenn sich dann doch irgendjemand entschließt zu sterben, können wir den Baum nicht so einfach wegreißen, weil wir sonst die Wurzeln beschädigen."

„Wurzeln beschädigen? Das geht gar nicht! Meine Großmutter und die Tante Mitzi sind mittlerweile Teil dieses Baumes. Durch die Wurzeln ist das Karma der beiden weit verzweigt in den Ästen, das hat mir mein Schamane erklärt. Das Leben ist ein ständiger Fluss, ein Entstehen und Vergehen, eine Seelenwanderung. Die Omama ist sicher schon in den Spitzen des Geästs und die Tante Mitzi noch in den Wurzeln. Die Arme hat's ja weiter, von ganz unten herauf."

Fragt mich der Depp: „Frau Grabner, haben Sie was getrunken?"

„Was erlauben Sie sich!"

„Na ja, bei meiner Frau hat das auch so begonnen."

„Verdammt, ich will jetzt nichts mehr über Ihre Verflossene wissen."

„Woher wissen Sie das?"

„Was denn?"

„Dass meine Frau verflossen ist." Da fängt der Depp zu heulen an. „So etwas geht ganz schnell, zuerst die Scheidung, dann der Alkohol und dann zack, zack, zack – Herzinfarkt. Sie hat's mir aber leicht gemacht, sie war eine Flussbestattung."

„Eine was?"

„Eine Flussbestattung an der Donau. War etwas ganz Besonderes. Wird häufig und gerne genommen. Dann gibt's a kane Probleme mit solche Bam wie dem Ihrigen. Also Ihnen kommt das Ganze jetzt auf 4000 Euro, weil wir den Bam mühsam ausgraben miassn. Oder Sie lassen eam fällen und pflanzen an neichn an einer anderen Stelle, dann kommt das Ganze nur auf 1080 Euro. Zahlen Sie den Betrag, wir lossen den Bam an der Stelle stehen, dann bleibt das Grab zu und ich mach' Ihnen ein günstiges Angebot für eine Flussbestattung."

Mir ist das dann echt zu blöd geworden, und ich hab' dem Menschen gesagt, bei diesen horrenden Preisen bräuchte ich jetzt einmal einen Cognac. Hat der Pompfüneberer gesagt: „Frau Grabner, san'S vursichtig! Alkohol ist keine Lösung! Des hob' i meiner Verflossenen a tausendmal g'sagt."

Ich habe dann zwei doppelte Cognacs gebraucht und einfach aufgelegt. So viel Blödsinn musst du einfach unterbrechen, da brauchst nicht einmal ein schlechtes Gewissen haben, wegen guten Benehmens oder so. Die MA 42, der Baum, das Karma, der Pompfüneberer und die zwei Damen bringen mich ins Grab. Dann trink ich noch ein Glaserl und noch eines und denke, so jetzt rufst du deinen Papa an. Papa löst dir einfach dein Problem, egal wie alt du bist. Ich höre seinen Namen und lalle in den Hörer:

„Du Papa, wir haben ein Problem. Der Baum von der Omama und von der Tante Mitzi ist zu groß, weil er mit dem Humus von der Oma und den Mineralstoffen von der Tante Mitzi so herrlich gewachsen ist, dass die MA 42 kommt und ihn in den Wiener Baumbestand aufnehmen will. Das kostet uns jetzt 4000 Euro. Wenn wir den fällen lassen, dann nur 1080 Euro, aber dann ist das Karma hin, weil die Omama sitzt schon in der Krone und die Mitzi ist gerade auf dem Weg zu ihr. Die braucht von der Hölle ja länger rauf. Stell dir vor, die müssten jetzt als Backhendl und als Wurm inkarnieren. Unmöglich! Das stört auch mein Karma und ich muss wieder Unsummen an Therapien zahlen, um mich wieder ins Gleichgewicht zu bringen. Das meint der Botaniker am Friedhof übrigens auch. Er hat mir eine Feuerbestattung angeboten, mit Fließwasser an der Donau. Das hat er mit seiner Frau auch gemacht, als sie ihm „verfloss". Ich tu' das jetzt, weil Anketten wie in der Hainburger Au ist mir zu blöd. Die Tante Hella und den Onkel Lothar werden wir Windbestatten lassen, das ist billiger. Ich hab' mir das alles schon durchgerechnet. Die Frage ist nur: Was machst du, wenn Gevatter Tod an deine Türe pocht ...?"

Mein Vater bleibt ganz ruhig: „Katharina, hast du was getrunken?"

„Ich? Wie kommst du darauf? Ich meine nur, Sterben in Wien ist schon kompliziert und Totsein erst recht."

Papa meint, ich soll mich damit nicht mehr stressen, er erledigt das alles für mich. Nach ein paar Wochen ruf ich meinen Vater wieder an.

„Papa, wir müssen das noch klären, wegen des Baumes und der Omama."

Da sagt mein Vater: „Das ist schon erledigt! Hast du nur endlich zum Trinken aufgehört, mein Kind?"

„Papa, ich trinke nicht! Was ist jetzt mit dem Baum?"

„Onkel Lothar und ich haben ihn abgesägt und einem Tischler gegeben."

„Was habt ihr gemacht? Ihr habt ihn abgesägt?"

„Ja, abgesägt. Er wurde zu Brettern geschnitten und verarbeitet."

„Aber das könnt ihr doch nicht machen! Da waren doch die Omama und die Tante Mitzi drinnen! Mein Karma, ihre Wiedergeburt, keine Chance auf Auferstehung! Seid ihr wahnsinnig?"

„Wäre ja schade um das schöne Holz gewesen!"

„Papa, weißt du eigentlich, was so eine Rückführungstherapie kostet?“

„Jetzt mach' ich mir aber ernsthaft Sorgen um dich! Schmeiß den Cognac endlich aus dem Haus!“

Ich war fix und fertig, wegen der Omama, dem Karma, und überhaupt wegen der Tante Mitzi, die war ja gar noch nicht soweit.

Zu meinem fünfzigsten Geburtstag habe ich von meinem Vater einen gemütlichen Schaukelstuhl aus einem ganz seltenen Holz bekommen. Apfel. Er meinte zwar, er habe ihn günstig bei seinem Tischler erstanden, ich bin aber überzeugt, dass er ihn hat machen lassen, und zwar aus dem Apfelbaum, in dem die Tante Mitzi und die Omama wohnen.

„Hier liegen Sie richtig“, hat der Tischler ironisch lächelnd gemeint. Er hat diesen Satz sogar zu seinem neuen Logo erhoben und sich auf Friedhofsbäume mit Ahnenvergangenheit spezialisiert. Sein Geschäftsmodell muss etwas an sich haben, die Leute rennen ihm für diese spirituelle Art von Gartenmobiliar förmlich die Türe ein. Und irgendwie ist es schon bemerkenswert, denn in meinem neuen Schaukelstuhl schlafe ich wirklich „wie eine Tote“.

Jetzt können Sie, liebe Leserinnen und Leser, aufstehen und sich ein Gläschen Cognac gönnen. Den haben Sie sich verdient!

Auch wenn ich rauche, Alkohol genieße und wenig Sport betreibe, so habe ich trotzdem keine Angst vor dem Tod und noch weniger vor Gott. Warum? Weil Gott weit größere Probleme hat als ich.

Sterben für Anfänger

Ich sitze auf einer Parkbank im frühlingshaften Wiener Volksgarten und lasse mir die Sonne auf mein Gesicht scheinen. Ach, tut das gut! Wenn ich etwas Frieden und innere Stärkung suche, finde ich beides in Wien, meiner Geburtsstadt. An dieser herrlichen Stadt liebe ich genau das, was die meisten fürchten: ewige Staus und zankende, übellaunige Menschen. Von den vielen Hundstrümmerln in jeder kleinen Gasse will ich gar nicht erst reden, und das *trotz Sackerl fürs Gackerl.*

Mein Herz brannte bereits für Wien und seine mürrischen Bewohner, als ich noch zur Schule ging. Gleich in der Früh am Weg dorthin wischte ich hinterfotzig mit meiner Spucke die Zehnerstelle von der Speisekarte einer Gastwirtschaft weg, die in unserer Gasse lag. Der Wirt hatte die Preise mühselig mit Kreide auf die Tafel gekritzelt. Spätestens zu Mittag kassierte ich dann für das Wiener Schnitzel um nur acht Schilling oder den Zwiebelrostbraten um nur vier Schilling eine schallende Ohrfeige von ihm. Ein kurzer Schmerz und schon wurde ich von seiner gewaltigen Stimme und dem Geruch seines übelriechenden Schweißes übergossen. Die Backe brannte zwar wie Feuer, doch mit einem *Dorli*, einem bunten Zuckerschlecker, den mir die dicke Wirtin in ihrem grenzenlosen Mitleid heimlich zugesteckt hatte, vergaß ich den Schmerz. Auch der dumpfe metallene Klang der Schneeschaufeln im Winter, mit denen die Wiener Hausmeister zeitig in der Früh die Gehsteige reinigen mussten und dabei fürchterlich fluchten, bleibt mir in angenehmer Erinnerung. Dieses satte Gefühl, dass einige in der Kälte arbeiten mussten, während die anderen wohlig in ihren Betten lagen, war überaus befriedigend.

Freud' und Leid liegen sprichwörtlich eng nebeneinander, in Wien verschmelzen sie geradezu zu einem süßlich-herben Geschmack. Wien ist mit einem Kalbsbeuscherl vergleichbar, die Zutaten – Herz, Zunge und Lunge – klingen zwar scheußlich, schmecken aber vorzüglich. Ich lernte diese feine Lebensart erst zu schätzen, als ich schon längstens mit Kind und Kegel aufs Land gezogen war.

Herrlich, atme ich tief durch, ich versteh' den Wiener! Was geliebt wird, wird bejammert und beraunzt! Der Taubendreck, die plärrenden Kinder oder die keifenden Autofahrer. Ach, wie ich dich liebe, mein schönes Wien! Ich juble mir selbst zu, dass ich es endlich geschafft habe, ein paar Tage in meiner Heimatstadt zu sein. Nichts stört mich, kein Büro, keine familiären Verpflichtungen, keine Termine, nur ich, ein paar gurrende Tauben und der Geruch von frisch geröstetem Kaffee im Hintergrund.

Doch wie ich's mir versehe, ist meine angenehme Ruhe dahin. Ein weißhaariger Herr macht Anstalten, sich genau auf meine Parkbank zu setzen, dabei sind rings um mich herum alle frei. Gut, versuche ich mich wieder zu beruhigen, vielleicht mag er ja auch diesen Platz vor dem Denkmal unserer Kaiserin Sisi. Ich blicke auf die Blumen, auf spielende Kinder und sinniere so vor mich hin, als sich der freundliche Herr räuspert und ein Gespräch beginnt: „Küss die Hand, gnädige Frau, ein herrlicher Tag, nicht?"

Bitte nicht, denke ich, da suchst du ein paar Minuten Einsamkeit und Stille und dann sitzt du ausgerechnet neben einem alten Spanner, der jüngere Frauen belästigt. So etwas soll es ja geben, dass man im Alter sexuell aktiver wird. Eine beginnende Demenz bringt diese Verhaltensweisen dann ganz brutal und für weibliche Mitbürger ziemlich unangenehm zum Vorschein. Die Neurologie bezeichnet dies als Frontallappensyndrom. Männer sind davon weit häufiger und intensiver betroffen als Frauen. Gott, bin ich froh, dass ich eine Frau bin, denke ich, rutsche an den Rand der Bank und grüße sehr verhalten zurück: „Grüß Gott!"

Als sich der Herr neben mir abermals zu räuspern beginnt, fahre ich ihm unsanft dazwischen: „Guter Mann, verzeihen Sie, aber ich bin an keinem Gespräch interessiert. Ich will hier nur in Ruhe sitzen und die Stille genießen, weiter nichts!"

„Ich wollte dich in keiner Weise stören. Wenn du willst, liebe Katharina, dann setzte ich mich eben woanders hin."

Mir wird mulmig, woher nur weiß dieser Mensch meinen Namen? „Verzeihen Sie, aber kennen wir uns?", frage ich verstört.

„Ach, meine Liebe, ein ganzes Leben lang!"

Da bitte, da haben wir es! Da wirst du seit Ewigkeit gestalkt, und dir fällt es nicht einmal auf, schießt es mir durch den Kopf. Ich bin ja so gutgläubig und naiv! Trotzdem interessiert es mich brennend, seit wann und woher.

„Wären Sie so freundlich, sich vorzustellen?", meine ich trocken und will gerade aufstehen, um zu gehen.

„Grüß Gott, ich bin Gott."

„Was? Gott?"

Mir schwanken die Knie, und ich muss mich setzen. Da habe ich es nun wohl mit einem kaputten Frontallappen und einer multiplen Persönlichkeitsstörung zu tun – und kein Mensch weit und breit, der mir helfen könnte.

Der Herr neben mir spürt meine Zweifel: „Soll ich es dir beweisen, dass ich Gott bin? Siehst du die wunderbare Haarpracht der Kaiserin Sisi auf dem Denkmal?"

„Ja?!"

„In zwei Sekunden wird sich eine Taube daraufsetzen und einen ordentlichen Patzen in die Haare lassen."

Eine Taube fliegt hoch, setzt sich gurrend auf den steinernen Haarkranz, zeigt keine Achtung und Würde vor der Hochwohlgeborenen und lässt ihrer Natur freien Lauf.

„Das ist doch kein Beweis, guter Mann. Reiner Zufall, denn die Tauben und Hunde in Wien furzen und kacken bekanntlich überall hin!", ärgere ich mich.

„Gut, dann ein anderes Beispiel. In einer Minute wird eine Mutter mit ihrem Kleinkind an uns vorübergehen und es schimpfen, weil es dauernd um Schokolade quengelt."

Eine Chance gebe ich ihm noch und warte. Eine Minute vergeht und die nächste. Da erscheint wirklich eine Mutter mit ihrem Kind und maßregelt es in lautem Ton: „Nie wieder kriegst du von mir eine Schokolade, wenn du dich so deppert aufführst!"

Ich erstarre zu Stein wie die Kaiserin vor mir.

„Und, glaubst du mir jetzt, dass ich Gott bin?"

Ich nicke betreten und dämpfe sofort meine Zigarette aus: „Oh mein Gott, bin ich jetzt tot?"

„Aber nein, warum?"

„Na ja, es kommt ja nicht alle Tage vor, dass man lebend vor Gott sitzt."

So bequem hatte ich mir den „Übergang" gar nicht vorgestellt. „Also, wenn du wirklich Gott bist, solltest du nicht ganz woanders sein? Nämlich dort oben im Himmel? Was machst du in Wien, noch dazu hier am Denkmal der Kaiserin Sisi?"

„Ich tanke Kraft! Hier soll ja ein energetisch aufgeladener Platz sein."

„Woher hast du denn diesen Blödsinn?", lache ich ihn aus.

„Habe ich erst neulich in einem Fremdenführer gelesen, die *Wiener Kraftplätze*."

„Und nutzt's?" Ich bin einigermaßen überrascht, alles hätte ich Gott zugetraut, mit Sicherheit jedoch keinen Hang zur Esoterik.

Gott atmet tief durch: „Nein, ich spüre nichts. Katharina, ich muss einfach mit jemandem reden."

„Das freut mich. Und warum hast du dir dafür eine vierfache Mutter ausgesucht?"

„Mütter sind verständnisvoller in diesen Dingen, die halten mehr aus als gewöhnliche Menschen."

„Aha!" Irgendwie schmeichelt mich diese Aussage.

„Weißt du, Katharina, ich habe gekündigt. Bin aus dem Verein ausgetreten und habe alles hingeschmissen."

„Wie? Was? Kann denn Gott kündigen?"

„Ja, es reicht mir. Seit ein paar tausend Jahren mache ich diesen undankbaren Job. Ich sehe darin keinen Sinn mehr. Es ist eine Dauerschleife aus lähmender Bürokratie, übertriebener Hoffnung und bitterer Enttäuschung. Was habe ich euch Menschen nur für Chancen gegeben! Ihr vermasseltet aber alles!"

Er kann mit lähmender Bürokratie und bitterer Enttäuschung sicher nur die österreichische Beamtenschaft meinen, denke ich und stelle mich mit weiteren Fragen einfach blöd. Sich mit Gott auf einen theologischen Diskurs einzulassen, ist sicher nicht klug, da kann ich nur verlieren, also frage ich weiter: „Ich verstehe dich nicht, welche Chancen?"

„Euch richtig zu entscheiden. Adam und Eva zum Beispiel. Warum musstet ihr vom Baum der Erkenntnis essen?"

Ich kenne solches Gejammer nur allzu gut. Mein geliebter Ehemann ist vor zwei Jahren auch durch eine sogenannte *Midlife-Crisis* gegangen. Furchtbar, wie sehr sich die Herren der Schöpfung dabei leidtun können. Gott ist männlich und steckt da offensichtlich mittendrin, sonst würde er nicht in die unterste Schublade seiner Seele greifen, in die Genesis. So eine Krise kann einen schon massiv hin und herwerfen. Ich habe da als vierfache Mutter einiges an Erfahrung sammeln können. Erwachsene Männer leiden dabei weit exzessiver als fünfzehnjährige Teenager, die nicht ausgehen dürfen. In diesen Momenten ist Zuhören, Verständnis Zeigen – auch wenn man gegenteiliger Meinung ist – und Mut Zusprechen der Weg aus der Krise. Bei mir hilft auch Alkohol, aber das sage ich Gott natürlich nicht.

„Das habe ich mich auch immer gefragt!" Ich schaue ihm dabei ganz tief in die Augen. „Ich bin zwar keine Theologin, aber ehrlich, du bist ja daran selbst schuld gewesen. Adam und Eva hatten gar keine Wahl, denn dein Garten Eden war ohnehin nicht perfekt. Die Schlange war bereits vor dem Sündenfall da. Also, warum stellst du die Menschen auf die Probe, wenn sie doch dein Abbild sind? Du hast den beiden

den Ungehorsam bereits in die Wiege oder besser gesagt ins Paradies gelegt. Und nur wegen eines blöden Apfels sind die beiden dann rausgeflogen. Ganz ehrlich? Ich war nie so streng zu meinen Kindern."

Gott überlegt. „Gut, der Anfang war nicht perfekt. Aber was ist mit der Arche und der Sintflut? Alles habe ich zerstört, damit es einen Neubeginn geben kann. Und was ist passiert? Der Noah hat sich mit seinem Schiff und den vielen Tieren die größte Mühe gegeben, und rausgekommen ist wieder nichts außer Dummheit und Gier. Von der Kreuzigung einer meiner Söhne will ich erst gar nicht reden."

Ich muss kurz schlucken: „Also bitte, das mit Jesus ist ein echtes Totschlagargument. Du hast uns Menschen ebenso geschaffen: sündig und zugleich göttlich. Das liegt an deinen himmlischen Genen, mein Guter!"

„Ach Katharina, du musst auch immer das letzte Wort haben. Denke an deine Namenspatronin, Katharina von Alexandrien. Die Arme hat alle Gelehrten mit ihren Reden niedergeschmettert und dann als Strafe furchtbar für ihr Mundwerk büßen müssen."

„Ah, die sadistische Idee war von dir?"

„Aber nein! Rädern und Köpfen fällt nur Menschen ein."

„Schau, Gott, dieses Verhalten haben wir doch längstens abgelegt – dank der Aufklärung und der Wissenschaft. Siehst du, es steckt auch ein wenig von einem Prometheus in uns. Der Ungehorsam und die Neugierde sind Zeichen für Fortschritt und Wohlstand. Selbstverständlich nur mit deiner Billigung." Ich komme immer mehr in Fahrt, herrlich!

„Egal, ich gehe trotzdem. Ich werde mir einen anderen Planeten suchen, mit Lebewesen, die weniger respektlos und egoistisch sind."

„Ach, komm schon Gott! Jetzt raunzt du schon fast wie ein echter Wiener!" Ich klopfe ihm auf die Schulter und muss wieder an meinen Mann und seine Krise denken.

„Aber geh! Ihr macht mir keine Freude mehr! Die ganze Welt: ein einziges Kasperltheater! Leben schenken und Leben nehmen, das waren früher meine Schlüsselkompetenzen. Und nun? Nun stellt ihr mich als Springbrunnen oder als niedliche Buddhastatue in eure Gärten. Alles wird dem Wohlstand und dem Konsum unterworfen. Willst du heute zum Beispiel ein Kind, brauchst du weder einen Mann noch Sex, du lässt dich einfach in-vitro-fertilisieren."

Mit welchem schlagkräftigen Argument kann ich derart konservativen Ansichten etwas entgegenhalten, frage ich mich. Klar muss Gott konservativ sein, denn wäre er progressiv, würde er sich selbst ad absurdum führen. Meine Gedanken fangen sich zu drehen an. Ich versuche es anders, mit Selbsterkenntnis. „Gott, komm mir nicht so. Du gibst uns Liebe und die Sehnsucht nach Kindern, machst es Paaren aus welchen Gründen auch immer unmöglich und ärgerst dich dann grün und blau, wenn sie es dann doch schaffen. Sei doch froh darüber, dass es weitergeht!"

Wie es bei Schwermütigen üblich ist, will Gott meinen Einwand gar nicht hören und redet einfach weiter: „Neuerdings gibt's Essen ohne Fleisch, Muskeln ohne Kraft, Blumen ohne Bienen … Es ist ein Jammer, da ist kein Hauch mehr an Erotik und Genuss im Leben, alles beim Teufel!"

„Alles beim Teufel? Das sagst gerade du?", versuche ich ihn zu beruhigen. „Du musst positiv denken!"

„Positiv denken? Alles esoterischer Quatsch! Ihr Österreicher seid für mich im Himmel sowieso die größten Sorgenkinder. Glaube mir, die Ägypter im Alten Testament haben zehn Plagen erfahren, um wieder zur Vernunft zu kommen, aber bei euch bin ich mit meiner Weisheit am Ende. Ich habe euch Freiheit und Geist gegeben. Und was habt ihr daraus gemacht?"

„Du wirst es mir sicher gleich sagen!"

„Eine Ibiza-Affäre und selbstverliebte Sonnyboys im Parlament, ganz zu schweigen von euren anderen Göttern. Ihr tanzt um ein goldenes Kalb, eure selbsternannten Götzen sind Smartphones, Kabelfernsehen und vegane Quinoa-Bowls. Ich bin zu alt für diese neumodischen Ich-AGs. Ganz ehrlich, da klinke ich mich aus, und deswegen habe ich meine Kündigung bereits den irdischen Religionsvertretern mitgeteilt."

Ich blicke nachdenklich vor mich hin. Gott hat wirklich vor zu kündigen. „Und wie haben die reagiert?"

„Völlig normal. Papst Franziskus hat es verstanden, er hat mir sogar dazu gratuliert. Der Dalai Lama auch, die wurschteln nun ohne mich weiter. Die Stammesältesten der Aborigines nehmen es gelassen. Sogar mit der Queen von England habe ich telefoniert. Sie stelle sich mittlerweile ebenfalls die Sinnfrage, meinte sie, wenn sogar Prinz Harry und Meghan das sinkende britische Schiff verlassen." Gott greift sich in die Jackentasche und zieht eine Packung Taschentücher hervor, er wischt sich eine Träne aus dem Gesicht. Seine Erzählungen sind ja wirklich bedrückend. „Das Einzige, das mich dann und wann erheitern kann, sind eure Kabarettisten!", snifft er in sein Taschentuch. „Aber von diesen *Mascheks* und diesen *Größenwahns* gibt's halt viel zu wenige!"

„Du meinst *Grissemann*, nicht Größenwahn!", bessere ich ihn aus.

„Egal. Es sollte auf der Welt nur Kabarettisten und Satiriker geben, es wäre leichter zu ertragen. Vielleicht schreibe ich mein eigenes Kabarettprogramm und trete nur noch als Tod in Erscheinung. Zum Lachen gäbe es da genug."

„Sag einmal, Gott", frage ich nach, „apropos Tod. Gibt es das wirklich, das Jüngste Gericht, Fegefeuer und die Hölle oder ist das alles nur ein göttlicher Fake?"

Gott rollt seine Augen: „Kein Fake! Das Jüngste Gericht gibt es, mit Grillrost und ewiger Verdammnis."

„Echt?" Mir wird angst und bange. Nie mehr werde ich mich bei meinen Lesungen darüber lustig machen.

„Nix echt. Du lasst dir aber auch den größten Bären aufbinden. Ich bin doch kein Perverser! Warum soll es mir Vergnügen bereiten, die Leute zu quälen? Das machen die doch alle schon in ihrem Leben."

„Das heißt, alle Menschen kommen zu dir in den Himmel?"

„Ja! Sind bisher ja alle brav und angenehm gewesen, aber was mich in Zukunft erwartet, da wird mir übel."

„Warum?"

„Na überlege einmal, was glaubst du, wie es bei mir im Paradies zugeht, wenn einmal Wladimir Putin und Donald Trump gestorben sind?"

„Na ja, ich glaube, dass sich die gar nicht einmal so schlecht verstehen werden."

„Die sitzen dann neben Christlich-Sozialen und Kommunisten, die Fleischfresser neben Veganern, Kirchenvertreter neben Kabarettisten. Und mittendrin in dem ganzen Chaos, du mit ein paar Pädagogen. Das muss einfach zu Konflikten führen."

„*Ich* mittendrin? Sag, ist es denn schon soweit mit mir?"

„Das hängt von dir und deinem Zigarettenkonsum ab."

Eben will ich mir eine Zigarette anstecken, weil das Gespräch interessant ist, doch in Anbetracht meiner rosigen Aussichten, vergeht mir die Lust.

„Trotzdem kannst du deinen Job nicht einfach hinschmeißen, Gott! Nimm dir ein Beispiel an mir. Ich bin vierfache Mutter, völlig gestresst, ausgelaugt und sehe mit meinen Liebsten täglich schulisch in den Abgrund. Ich kann auch nicht einfach aufgeben. Urlaube mit mir ein paar Tage in Wien, und dann geht's dir wieder besser, einverstanden? Wenn wir Wiener uns auf etwas verstehen, dann auf das Leben. Denn in Wien spielt sich das Leben zwischen Sachertorte, G'spritztem und der Huldigung all unserer berühmten Toten ab."

„Einverstanden."

Das hat auch immer bei meinen Kindern funktioniert, Ablenkung mit gutem Essen und Trinken, warum nicht auch bei Gott? Es stellt sich heraus, dass Gott ein luftiger Reisebegleiter ist, auch wenn seien Reiseziele etwas gewöhnungsbedürftig sind.

So schlecken wir Eis neben den vertrockneten Habsburger Herzen in der Augustinerkirche, essen Würstel in der Kapuzinergruft und plaudern angeregt mit einem Glas spritzig-kühlen Veltliner am Grab Mozarts am St. Marxer Friedhof.

Dann lassen wir uns wieder auf unserer Parkbank im Volksgarten nieder. Gott ist sichtlich entspannt und macht einen erholten Eindruck. Genüsslich rauchen wir eine Zigarette.

„Und, geht's jetzt besser, mein Lieber?", frage ich Gott.

„Ja, bedeutend. Wien ist ein Paradies, sowohl lebend als auch tot. Apropos tot: Die Schweinsstelze vom Schweizerhaus essen wir als Mitternachtssnack vor der Lueger-Kirche am Zentralfriedhof. Dort ist es nämlich am schönsten. Und noch etwas, Katharina, das mit der Kündigung überlege ich mir noch einmal. Ich beneide euch Wiener, denn wer so schön tot sein kann, der kann noch schöner leben!"

Kindergebrüll. Ich trete ganz plötzlich aus dem dunklen Tunnel heraus, verabschiede mich von dem warmen Licht und öffne die Augen. Ich sitze immer noch auf meiner Parkbank. Komisch, denke ich, jetzt habe ich wie eine Tote geschlafen.

Eine Mutter nähert sich mit ihrem Kleinkind und maßregelt es in lautem Ton: „Nie wieder kriegst du von mir eine Schokolade, wenn du dich so deppert aufführst!"

War das alles ein Traum oder hatte ich gerade eine Nahtoderfahrung? Ich erstarre zu Stein wie das Denkmal vor mir. Eine Taube lässt sich gurrend auf dem Haarkranz der Kaiserin nieder – also doch, ich habe nicht geträumt! –, beobachtet mich, um dann hochzuziehen und beim Vorbeifliegen genau einen Patzen an die Stelle zu platzieren, wo Gott noch vor ein paar Minuten gesessen hat.

Seit diesem Tag ist meine Angst vor dem Tod im wahrsten Sinne des Wortes: *einfach verflogen.*

Die Suche nach einem „stillen Ort"

„Verzeihen Sie, darf ich Sie etwas fragen? Mir ist das irgendwie sehr unangenehm, aber ich suche …"

Es war der schönste Tag im Leben der Wiener, Allerheiligen, wobei ich mir bei dieser Form des „Festtages" nicht sicher bin, ob die Wiener per se ein etwas makabres Verhältnis zum Tod pflegen oder ob sie nur einfach froh sind, die Erbtante endlich unter der Erde zu wissen.

Schon beim Verlassen der Straßenbahn stürmten Verkäufer in die Waggons und boten ihre Kränze und Grabkerzen feil – zu wirklich sensationellen Preisen, wie sie lautstark brüllten. Kinder aßen Zuckerwatte und durften auf Ringelspielen fahren, während sich Väter und Großväter bei Bier und Würsteln labten. Ein buntes und freudiges Treiben wie auf einem Jahrmarkt.

Ich flanierte mit tausend anderen Besuchern am Wiener Zentralfriedhof unter den herrlichen Alleebäumen und hatte eigentlich kein bestimmtes Ziel, denn keiner meiner lieben Verwandten hatte hier eine Heimstatt gefunden. Es war reines Interesse, das mich an diesen wunderbaren Ort gelockt hatte, und es bedeutete schon etwas ganz Besonderes, Größen wie Falco, Bruno Kreisky oder Franz Werfel persönlich meine Aufwartung machen zu können.

Friedhöfe ziehen mich seit jeher magisch an, eine durchaus nekrophile Ader in mir. Andere beschäftigen sich mit Kochen oder verbringen ihre spärliche Freizeit beim Schönheitschirurgen oder in Fitnessstudios. Mein Hobby sind Grabstätten. Schon als Studentin verbrachte ich Wochen und Monate auf dem St. Marxer Friedhof, um mich auf Rigorosen und Prüfungen vorzubereiten. Ich fühlte mich geborgen und sicher, wenn mir Wolferl Mozart und Baserl Calafati – Basilio Calafati, 1800–1878, Schausteller, Zauberer und Gasthausbesitzer des Wiener Praters – auf die Finger schauten und mich darauf aufmerksam machten, zu pauken und zu lernen, damit einmal etwas aus mir würde, zumindest mehr als ein „leichtes Mädchen" auf der Prater Hauptallee.

Auf den Friedhöfen traf ich mich mit Männerbekanntschaften – auch solchen, die noch am Leben waren – oder feierte nach Studienerfolgen mit Freunden üppige Trinkgelage. Ich las viel und verstand mich mit „meinen" Toten auf wunderbare Weise. Von Franz Werfel stammt das Zitat, er lerne eine fremde Stadt über ihre Friedhöfe kennen, denn so wie sich die Menschen den Toten gegenüber verhielten, so täten sie es auch mit den Lebenden. Und damit hatte er ja so recht, wie folgende Geschichte beweist:

Den ganzen Tag schon hatte ich auf meinem geliebten Wiener Zentralfriedhof verbracht, beobachtete Menschen, die angeregt miteinander tratschten oder auf den sonnigen Parkbänken saßen. Wie es sich gehört, hatte ich mir eine kleine Jause mitgenommen und trank genüsslich meinen Birken-Brennnesseltee aus der Thermosflasche. Prosecco zu genießen, hielt ich nun doch für ein wenig pietätlos. Nach ein paar Stunden taten die Kräuter ihre unverkennbare Wirkung, mich drückte unsäglich die Blase. So machte ich mich auf den Weg, ein „stilles Örtchen" zu suchen. Doch wohin ich auch ging, ich fand weder einen befestigten Ort, noch ein Gebüsch, in dem ich mich hätte niederlassen können. Hunderte Augenpaare hätten mich dabei verfolgt, es schien unmöglich. Ich sprach einen dunkel gekleideten Herrn mittleren Alters an, der vor einer Aufbahrungshalle stand und eine Zigarette rauchte.

„Verzeihen Sie, darf ich Sie etwas fragen? Mir ist das irgendwie sehr unangenehm, aber ich suche …"

„Bei mir sind Sie genau richtig, gnädige Frau!", strahlte mich der Herr an und drückte mir eine Visitenkarte in die Hand. „Gestatten Sie, wenn ich mich vorstelle: Bestattungsinstitut, *Der Fährmann.*"

„Nein, so war es nicht gemeint. Ich suche nach ..." Weiter konnte ich nicht reden, der eifrige Mensch nahm mir die Worte aus dem Mund und zog mich unaufgefordert in ein

Gespräch. „… nach einem friedlichen Ort und einem seriösen Bestattungsunternehmen. Ich sehe das sofort, Gnädigste. Ich sage Ihnen etwas, die besten Geschäfte werden auf dem Friedhof gemacht!"

„Richtig, es geht auch um ein Geschäft, aber …", versuchte ich ihn diskret auf meine Blasenschwäche aufmerksam zu machen und schielte auf meinen Unterleib, was der freundliche Herr in seiner Aufgeregtheit natürlich nicht wahrnahm.

„Schauen Sie", er griff in seine Jackentasche und hielt mir einen Werbefolder unter die Nase, „bei uns können Sie wählen zwischen einem konventionellen Begräbnis oder anderen Bestattungsformen. D*er Fährmann*, also mein Institut, liegt mit seinen Angeboten im neuesten Trend. Man muss eben immer mit der Zeit gehen, auch beim Sterben."

Langsam wurde ich ungeduldig und unterbrach seinen Redeschwall: „Aber ich will doch …"

„… keine Erdbestattung? Ich verstehe!"

Er zeigte kein Erbarmen und fuhr fort: „Sie wollen lieber über der Erde liegen, in einem luftigen Sarkophag. Das war in der Zeit des Biedermeiers sehr beliebt, nicht nur in Wien, und kommt langsam wieder in Mode. Ich verstehe Ihre Gefühle, so eine Erdbestattung würde mir auch Angst machen. Da liegst du so drin in deinem engen Sarg, glaubst du bist tot, hörst von Ferne die Blasmusik und dann ganz plötzlich …" Er griff unverhohlen nach meinen Unterarmen und riss mich an sich, so fest, dass mir kurz der Atem stockte.

„… ganz plötzlich machst du die Augen auf und spürst, wie die Riemen des Sarges aus der Grube gezogen werden und Erde auf dich geschüttet wird. Du klopfst, du schreist, aber niemand hört dich. Ein wirklich unangenehmer Gedanke. Hat es früher auch schon gegeben, die Angst vor dem Scheintod. Und ehrlich gesagt, gnä' Frau, die Angst ist ja berechtigt. Was glauben Sie, wie oft wir jemanden umlegen oder exhumieren müssen? Da liegen viele Tote verkehrt im Sarg, also mit dem Gesicht nach unten! Und das waren nicht nur die bösen Schwiegermütter, glauben'S mir das!"

Mir wurde angst und bange. „Ah, und …?"

„Keine Sorge, auch dafür hätten wir eine Lösung anzubieten, gnä' Frau! Der *Fährmann* sorgt für seine Gäste. Früher gab es dafür kleine Glöckchen an der Zehe, um den Totengräber zu informieren, dass man nur scheintot und nun wiedererwacht war. Dank der heutigen Technik geht das viel unkomplizierter. Sie erhalten, wenn Sie sich für unser Institut entscheiden, für drei Wochen eine sogenannte Scheintod-App, und zwar gratis. Sie können diese App jetzt schon aus dem Internet herunterladen und zwar unter www.my-sweet-coffin.at Mit dieser App wählen Sie sich vom Sarg aus bei unserem Institut ein, und zwar von null bis vierundzwanzig Uhr, oder nehmen rechtzeitig Kontakt mit Ihren Lieben auf. Was sagen Sie dazu?"

„Nein!" Ich atmete schwer wie unter Wehen, um mich vom Schmerz meiner Blase abzulenken.

„Verzeihen Sie! Natürlich, Sie meinten ja vorhin, Sie wollten einen Sarkophag. Ich darf Ihnen dazu gratulieren, das ist echt bürgerlich und typisch wienerisch." Er lachte kurz auf: „Das erinnert mich irgendwie an den luftg'selchten Pfarrer von St. Thomas am Blasenstein! Mit einer Ruhestätte in einem Sarkophag haben Sie sich für eine sehr appetitliche Variante entschieden. Kein Wurm und keine Wühlmäuse werden Sie stören. Sie liegen erhöht und sicher wie in einem Hochbeet."

Hatte der Mensch gerade das Wort *Blasenstein* gesagt? Alles andere hatte ich nicht mehr gehört. Ja, er war am goldrichtigen Weg! Mir ging es um meine Blase und um eine schöne Toilette, es ging um mein Leben! Zitternd erhob ich meine Stimme: „Weiter! Weiter! Erzählen Sie mehr über diesen Blasen …"

„Gnä' Frau, ich habe noch nie jemanden kennengelernt, der sich in derart intensiver Weise mit diesem Thema auseinandersetzen will. Also, wir bieten ferner Feuerbestattungen, Luftbestattungen, Baumbestattungen, Naturbestattungen oder Diamantbestattungen an. Der letzte Schrei sind dabei Themenbestattungen. Kommt sehr gut an bei der Kundschaft.

Im Programm haben wir seit einiger Zeit auch Begräbnisse im Märchenwald oder vermitteln letzte Ruhestätten für Jäger und Jägerinnen mit oder ohne Hund. Das mit einem Hund müssten wir nur vorher klären wegen der Behörden. Ist ziemlich schwierig, die Beamten kommen mir dann sofort mit dem Tierschutz und der Pietät. Tierschutz? Dass ich nicht lache. Die Menschen regen sich wegen eines Hündchens auf, in Indien wurden früher die Frauen gleich lebend mitbegraben. Das hat niemanden gestört. Ich sag's ja, die Zeiten werden immer verrückter." Er zückte einen Bleistift und fragte aufgeregt weiter: „Um wen handelt es sich denn, Gnädigste?"

„Um mich!", stammelte ich. Ich drehte mich vor Schmerzen mittlerweile schon im Kreis und versuchte, meine Blase mit übereinanderschlagenden Beinen in Zaum zu halten.

„Verstehe! Schön, dass Sie das noch zu Lebzeiten alles für sich regeln wollen. Auf die Erben oder Hinterbliebenen ist sowieso kein Verlass. Was glauben Sie, was ich da in den letzten Jahren alles schon erlebt habe! Würdelos! Die Menschen haben keinen Respekt mehr vor dem Tod. Neuerdings gibt es neben digitalen Kondolenzbüchern auch schon Kerzerln, die man im Internet anzünden kann. Damit erübrigt sich ein Besuch auf dem Friedhof. Haben Sie schon von den Live-Streaming-Beerdigungen gehört? Da braucht man gar nicht mehr zum Begräbnis hinfahren. Man gibt dem Bestattungsunternehmen Bescheid, holt sich einen Zugangscode, und schon ist man live dabei. Wenn Sie mich fragen, gehöre ich noch zu den traditionellen Bestattern. Mir ist eine analoge Leiche lieber als eine digitale. Apropos analog, was halten Sie von einer Körperspende?"

„Körperspende?", fragte ich irritiert nach. Zu diesem Zeitpunkt hätte ich alles verkauft, meine Lunge, Leber, Herz, vor allem aber meine Blase, nur um rasch an einen „gewissen Ort" zu gelangen.

„Ja, Körperspende. Sie können Ihre sterblichen Überreste dem anatomischen Institut vererben. Die Studenten würden sich über eine derart hübsche Leich' wie Sie …" Er lächelte verschmitzt und musterte mich von oben bis unten, „… sicher sehr freuen. Kommt ja nicht alle Tage vor, dass eine elegante Dame wie Sie auf dem Seziertisch liegt. Oder denken Sie da eher an eine Organspende für einen Leber- oder Lungenkranken? Ihr Tod wäre dann für einen Mitmenschen von großem Nutzen. Sie müssten sich mit Ihrer Unterschrift aber dazu verpflichten, in Zukunft gesund und vital zu leben, weil man ja mit einem kranken Toten nicht mehr viel anfangen kann. Sie verstehen? Ist das nicht schön, über den Tod hinaus etwas Gutes für andere tun zu können? Ein wunderbarer Gedanke. Die Formalitäten würde selbstverständlich mein Institut übernehmen. Sie brauchen sich um nichts mehr zu kümmern. Ihre Sorgen wären Sie los!"

Nichts war ich los, ganz im Gegenteil! Ich konnte mich zu diesem Zeitpunkt weder aus den Fängen dieses aufdringlichen Menschen, noch von meiner Blase lösen. Schmerzverzerrt und fast schon auf den Knien rutschend, hauchte ich ihm ins Gesicht, er möge Erbarmen mit mir haben und mir endlich eine Sache nennen, die mich aus meinem elenden Zustand befreien könne.

„Natürlich, Gnädigste!", flüsterte er mir ins Ohr und schaute verstohlen nach allen Seiten, um sicher zu stellen, von niemandem gehört zu werden. Gottseidank, der Mensch hatte endlich verstanden! Ich würde in den nächsten Minuten auf einer sauberen Toilette sitzen und verträumt in den Himmel starren. *Der Fährmann* kramte erneut in seiner Tasche und überreichte mir einen schmierigen Vertrag: „Die Sache, die Sie meinen, ist zwar in jedem Fall illegal, aber, ehrlich gestanden, sinnvoll. Gibt sowieso viel zu viele Tote in Wien, mehr als Lebende! Einfach weg, ratzfatz! Eine wunderbare Idee von Ihnen! Sie müssen nur hier unten unterschreiben. Um den Rest kümmern wir uns. Keine Grabgebühren, keine Gärtnereien, keine Kosten fürs Begräbnis, vor allem keine falschen Trauergäste am Grab. Ich darf Ihnen zu Ihrem großzügigen Entschluss gratulieren. Wir melden uns, wenn es soweit ist."

Ich entriss ihm den Zettel und unterschrieb mit zitternden Händen.

„Ach ja, verzeihen Sie", meinte er mitfühlend, „die Toilette, die Sie suchen, ist direkt hinter der Aufbahrungshalle 1, gleich rechts neben den Kerzenleuchtern. Soll Ihnen ja nicht so ergehen wie dem Tycho Brahe, der Arme ist ja auch an Harnverhaltung gestorben. Und das soll ja scheußlich wehtun! Einen schönen Tag noch!"

Erschöpft ließ ich mich auf dem Örtchen nieder und las die Kopie des eben unterschriebenen Vertrages:

Der/die Unterzeichner/in verpflichtet sich, nach dessen/deren Ableben die sterblichen Überreste als Körperspende an den Tiergarten Schönbrunn zu überantworten. Das Institut „Der Fährmann" ist zu äußerster Diskretion verpflichtet und garantiert eine würdevolle Opferung an Löwen oder Geparden. Die Einnahmen aus dieser öffentlichen Fütterung fließen zur Gänze an das neu errichtete Raubtiergehege.

Meine geliebten Friedhofsbesuche habe ich seit geraumer Zeit unterlassen. Man kann mich neuerdings bei den Geparden und Löwen im Schönbrunner Tiergarten treffen. Ich muss mich nämlich erst an den Gedanken gewöhnen.

Übrigens: Bei der *buddhistischen Himmelsbestattung* in Tibet werden honorige Menschen von Mönchen „weidmännisch" zerlegt und an Aasgeier verfüttert.

Auch wenn sich Ehefrauen und spätere Witwen gerne über ihre verstorbenen Ehemänner hinwegsetzen, so finden die letzten Wünsche ihrer Partner doch immer wieder geheimnisvolle Wege, um in Erfüllung zu gehen.

Panta rhei – Alles fließt

Die Kurie im Vatikan ist zu bedauern. Auf der einen Seite hat sie mit Papst Franziskus einen Mann an der Spitze, der mit seinen liberalen Ansichten unberechenbar ist und ständig am konservativen Fundament der Kirche rüttelt. Auf der anderen Seite müssen dringend neue Einnahmequellen geschaffen werden. Das zahlende Kirchenvolk wendet sich lieber Schamanen, Energetikern oder Lebensberatern zu, die – egal ob persönlich oder digital -mancherorts ihr spirituelles Unwesen treiben. Um diesen Naturheilern und selbsternannten Möchtegernengeln den Kampf anzusagen, werden jährlich in einer aufwändigen Zeremonie am Petersplatz Dutzende Menschen einfach heiliggesprochen. Denn einfältige Menschen lieben Wunder. Sie tragen einen Hauch von Himmlischem in sich, und Geld bringt das ganze Spektakel auch noch. Offensichtlich liegt es in der Natur des Menschen, an Übersinnliches zu glauben. Dafür tut er alles, die eigene Verblödung miteingeschlossen. Nur einmal, da hätte ich fast selbst daran geglaubt, dass es Wunder gibt:

Mein verächtliches Schmunzeln über derlei geistige Sackgassen verursachte bei meiner Freundin Dorli genau den gegenteiligen Effekt. Sie versuchte umso penetranter, mich von der erleuchtenden Kraft des Universums mittels ihrer Tarotkarten, Kräutertinkturen und allerlei wundersamen Fetischen zu überzeugen. Mit mäßigem Erfolg, denn ich bin ein durch und durch aufgeklärtes und vernunftgesteuertes Individuum.

Dabei kam Dorli, mit vollem Namen hieß sie Doris Spritzpichler, aus einem völlig anderen beruflichen Metier. Sie hatte ihre kleine Änderungsschneiderei im elften Wiener Gemeindebezirk auf der Simmeringer Hauptstraße nach dem Tod ihres letzten Partners – sie hatte im Laufe ihres Lebens bereits einige Männer mit ihrem nervigen Verhalten unter die Erde gebracht – an den Nagel gehängt. Nun konnte sie sich ihrer wahren Bestimmung widmen und begleitete ihre Kunden als heilender Engel energetisch und spirituell durchs Leben.

Der eigentliche Grund lag aber ganz woanders. Der lag in den vielen Onlineshops und Hunderten Billigstores, die wie Pilze aus dem Boden sprossen. Die kleine Änderungsschneiderei konnte dem Druck der Konkurrenz einfach nicht mehr standhalten, was Dorli nicht weiter quälte, weil sie sowieso andere Pläne hatte. Die findige Unternehmerin nahm die wirtschaftlichen Herausforderungen an und baute ihre Schneiderei kurzerhand um in ein Orakelstudio in bester Lage, gleich in der Nähe des Wiener Zentralfriedhofs.

Bald hatte es sich bei den Trauernden und den Gästen des Friedhofs herumgesprochen, dass es sich lohnte, neben einem netten Spaziergang und dem Besuch der Gräber auch Dorlis Energieshop aufzusuchen, um sich dort entsprechend aufzutanken, oder sich die Zukunft aus ihren Karten lesen zu lassen. Der Erfolg ließ nicht lange auf sich warten. Nach kurzer Zeit schon standen die Menschen vor ihrem Geschäft Schlange wie die alten Griechen in Delphi.

Ich konnte mich darüber nur wundern. Aber darin liegt offensichtlich das Geheimnis von Mirakeln, sie sind wie Wasser und finden immer einen Weg in die menschlichen Gemüter. Aus ehrlicher Überzeugung nannte sie sich auch nicht mehr Dorli, sondern „der Engel Dolores", was mehr mit ihrer Geschäftstüchtigkeit als mit Spiritualität zu tun hatte.

Ein wahrer Goldregen ergoss sich fortan über ihr Studio. Es war leichter, einen Termin bei Papst Franziskus zu erhalten, als sich eine Stunde von ihr aus den Händen beziehungsweise aus den Karten lesen zu lassen. Viele Trauernde wollten wissen, ob es einen Himmel oder eine Hölle gäbe und wenn, wo denn nun die lieben Toten ihre letzte Bleibe gefunden hätten. Einige Kunden zahlten sogar einen dreifachen Preis dafür, damit die Seele des Verstorbenen zumindest ein paar Tage länger im Fegefeuer nach wahrer Erkenntnis brennen konnte. Auch Fragen der Hinterbliebenen nach der heimlichen Existenz von Sparbüchern oder verstecktem Schmuck beantwortete der Engel Dolores geduldig und mit einer Trefferquote von über fünfzig Prozent.

Vom früheren Schneiderstudio war nichts anderes übrig geblieben als die roten schweren Samtvorhänge, eine üppig verzierte Augarten-Vase mit Hängepflanze, die auf einem Holzsockel in der Mitte des Raumes stand, und ein weich fließender Kaftan, ursprünglich Dorlis alte hässliche Küchenschürze, den sie nun bei ihren spiritistischen Sitzungen trug. Die Besucherfrequenz stieg ins Unermessliche. Pro Tag „bediente" sie zwischen zehn und fünfzehn Kunden, zu je fünfzig Minuten a hundertfünfzig Euro, sieben Tage die Woche.

Dolores ging völlig in ihrer neuen Tätigkeit auf – fast möchte ich sagen unter. Der Beruf als Engel strapazierte sie dermaßen, dass sie kaum noch aß und ich mir wirklich Sorgen um sie machte. Als ich die Geschäftstüchtige besuchte, um ihr ein Mittagessen zu bringen, saß sie sichtlich erschöpft, aber spirituell aufgeladen wie ein Kernkraftwerk in ihrem schweren Sofa. Der Shop war unaufgeräumt, in der Teeküche stapelte sich das Geschirr, und ihre geliebte Pflanze in der Vase schrie geradezu nach Feuchtigkeit.

„Dorli!", fing ich ein Gespräch an, während ich ihr das Essen servierte.

„Sag nicht Dorli zu mir, ich bin Dolores!", schmollte sie zurück.

„Also gut, Dolores! Ich gehöre zwar nicht zu deinen Kunden, aber ehrlich, glaubst du nicht, dass du es mit deinen Orakeln ein wenig übertreibst?"

„Was heißt übertreiben? Die Menschen brauchen mich! Ich bin ein Engel!", schmatzte sie mir entgegen und biss wieder auf ihr Paprikahenderl ein. Ich fuhr fort und gab ihr zu verstehen, dass ich ihre Geschäftstüchtigkeit durchaus billigen würde, nicht aber die Unordnung, die in ihrem Energiestudio herrschte. „Warum schaffst du dir nicht einen guten Hausgeist an, der dir hilft?“, fragte ich sie sarkastisch. „Du hast doch Erfahrung in diesen Dingen. Zaubere dir einfach wie Harry Potter zwei, drei kleine Gnome herbei. Die können dir beim Aufräumen helfen.“

„Harry Potter? Sag, willst du mich ärgern?“, war ihre prompte Antwort.

„Schau, dein Studio ist verstaubt und unaufgeräumt, die Vorhänge gehören gewaschen, und die Pflanze auf dem Sockel stirbt langsam.“

Dolores schaute mich das erste Mal erschrocken an: „Was, meine schöne Pflanze stirbt?“

„Ja, die Blätter welken!“

„Die Blätter welken? Verdammte Vase! Hat mich vierhundert Euro gekostet.“

Ich wurde ärgerlich: „Mir geht es nicht um die Vase, mir geht es um die Pflanze! Die stirbt!“

Dorli aß weiter und meinte, es wäre ihr egal, denn *er* wäre ohnehin schon tot!“

„Wer?“

„Er im japanische Hopfen!“

„Japanischer Hopfen?“ Sie sprach in Rätseln.

„Ja! Dieser Schlingpflanze sagt man heilende Wirkung nach, außerdem assoziiere ich mit dem japanischen Hopfen meinen Mann.“

„Dorli, sie ist grün, sie lebt noch ein wenig!“

„Aber nein! Er ist tot!“, meinte sie trocken. Dolores stand auf und ging zu der Augarten-Vase, in der der grüne Kümmerling hing, streichelte über die Blätter und meinte zärtlich: „Schau, das ist dein alter Freund Norbert!“

„Norbert?“

„Ja! Den habe ich nach seinem Tod kremieren lassen und seine Urne in dieser herrlichen Augarten-Vase versenkt. *Panta rhei – Alles fließt*, heißt das Gefäß. Sauteuer, aber schön, findest du nicht? Ich hätte auch eine billigere Urne kaufen können, aber für meinen Norbert musste es etwas Besonderes sein. In Augarten-Porzellan schlummert es sich besonders angenehm, hat mir damals die Verkäuferin versichert. Die Schlingpflanze kann sich nun die Mineralstoffe aus Norberts Asche holen und wachsen. Aber wie man sieht, stimmt es nicht. Alles Betrug! Die Welt ist schlecht, die haben nicht einmal mehr vor dem Tod Respekt." Dolores hatte offensichtlich aufs Gießen vergessen und zupfte nun traurig die braunen, abgestorbenen Hopfenteile von der Pflanze.

Ich war entsetzt: „Aber du hast doch Norbert zeitlebens versprochen, seine sterblichen Überreste in die Donau zu gießen, irgendwo vor Bratislava!"

Norbert war um fünfzehn Jahre älter als seine Frau gewesen und hatte „seine Dorli" über alle Maßen geliebt. Dies hatte er ihr sogar noch als alternder Mann bewiesen, den Dorli aus Gründen der Sparsamkeit immer wieder in den herrlichen Zentralfriedhof geschickt hatte, um dort Föhren- und Fichtenzapfen zu sammeln. Die harzigen Dinger brannten wunderbar in ihrem alten Küchenofen, kosteten nichts und überhaupt, sie hatte ihren Mann für ein paar Stunden beschäftigt und war ihn damit los gewesen. Und Norbert hatte gesammelt, und zwar Stunden – und nicht nur Bockerln. Er hatte mit der Zeit eine nette Damenbekanntschaft gemacht. Sie hieß Erna Pospischil. Und weil die beiden in ihrem hohen Alter nichts mehr zu verlieren hatten, nützten sie ihren zweiten Frühling und kamen sich dabei immer näher. Die beiden hatten sich fortan stürmisch in den romantischen Grüften und in den stillen Nischen der Borromäus-Kirche geliebt. Das Sammeln der Föhrenzapfen war nach den Schäferstündchen um einiges schneller gegangen, und der Ofen in Dorlis Küche hatte danach geradezu vor wohliger Wärme gesprüht.

Norbert hatte mich erst am Krankenbett in sein kleines erotisches Geheimnis eingeweiht und mich schwören lassen, dass ich acht darauf nehmen sollte, dass Dorli ihn auch wirklich einäschern und später in die Donau schütten würde. Frau Pospischil und er hätten sich nämlich das Ja-Wort gegeben, vorbehaltlich natürlich im Jenseits. Sie hätten einander versprochen, durch die Donau verbunden zu werden, Asche zu Asche, Staub zu Staub. Gemeinsam wollten sie fort, von Bratislava schwimmend bis ins Schwarze Meer, und sich in Istanbul treffen. In flüssigem Aggregatzustand zwar, aber immerhin.

Die Bitte Norberts hatte ich als senile Schwärmerei abgetan und einfach darauf vergessen. Und nun stand der arme Bockerlsammler eingesperrt und seiner Freiheit beraubt in einer Augarten-Vase in Dorlis okkultem Reich. Wie schrecklich, während die Pospischil schon längstens in Istanbul war! Ich versuchte meine Freundin eindringlich davon zu überzeugen, Norberts letzten Willen zu respektieren und ihn in der Donau würdevoll zu versenken. Sie lehnte entschieden ab: „Die Urne mit dem japanischen Hopfen passt einfach wunderbar in meinen Orakelshop. Die Kunden lieben das. Das hat etwas Spirituelles und inspiriert mich! Und ganz ehrlich unter uns, Norbert ist es doch völlig egal, wo er ist! Er ist sicher irgendwo in der achtzehnten Ebene und wartet auf seine Erlösung oder auf die Wiedergeburt!"

Während ich die arme Pflanze goss, kämpfte ich unerbittlich um Noberts letzten Willen, doch Dolores legte ihre engelhafte Aura einfach an den Nagel und schrie mich an, ich solle mich doch gefälligst um meinen eigenen Kram kümmern. Und im Übrigen brauche ich mich nicht mehr um sie zu sorgen. Das Orakelstudio sei ohnehin dunkel und der Schmutz damit kaum sichtbar. Ich hätte einen Mann und vier Kinder, das wären meine Pflichten. Dann stieß sie mich unsanft mit den Worten „Norbert bleibt in der Vase. Basta!" aus ihrem Orakelstudio.

Wochenlang ließ mich der Vorfall nicht in Ruhe schlafen. Ich hatte es Norbert und seiner großen Liebe versprochen und kläglich versagt. In meiner Not ging ich in eine Kapelle und betete um ein Wunder. Vielleicht würden die Erzengel oder die heilige Katharina die Urne von dem Sockel und aus den Fängen meiner Freundin befreien und den armen Menschen zur Donau führen. Oder Dorli ein plötzlicher Tod ereilen, damit ich endlich an Norberts Urne gelangte. Tage, Wochen und Monate vergingen, nichts geschah, trotz Hunderter Kerzen und Gebete, was mich wiederum in der Meinung bestärkte, dass es eben keine Wunder gab. Wut stieg in mir hoch, und auch die Gewissheit, dass der Engel Dolores irgendwann einmal auch ohne Wunder an ihrer eigenen Geschäftstüchtigkeit verhungern würde.

Ich stand wieder mit einer Bestechungskerze in der Hand in der kleinen Kapelle, da läutete mein Handy. Es war Dorli. Völlig verzagt bat sie mich, zu ihr zu kommen, sie sei über den „scheiß Urnensockel" gefallen und hätte einen furchtbar geschwollenen Knöchel. Sie hätte schon drei Tage nichts mehr gegessen und die Wohnung schrie nach entsprechender Reinigung.

„Natürlich komme ich! Aber mit Putzfrau!", versprach ich ihr.

„Hoffentlich mit einer Dame, die spirituell ähnlich empfindet wie ich! Ich bin nämlich ein Engel. Du kannst mir nicht irgendjemanden in mein Haus bringen, der energetisch nicht zu mir passt."

Ich ließ mich auf derartig stumpfsinnige Diskussionen in Anbetracht ihres verletzten Knöchels nicht ein und kam mit einer Putzfrau, die genau nicht nach ihrem Geschmack war: Frau Nebolka aus Polen, sehr fleißig, sehr ordentlich, sehr freundlich und - sehr katholisch! Ein bisschen Gehässigkeit gehört in der Altenpflege eben dazu.

Dorli würdigte die Dame keines Blickes, als diese in das Orakelstudio eintrat und sich bei ihrem Anblick sofort bekreuzigte. „Oh Jesus und Maria, da ist ja Teufelswerk. Muss putzen und weg mit den Scheißsachen. Nix Orakel, ist dunkel und schiarch, gnädige Frau muss Licht in Geschäft lassen. Muss Gottes wunderbare Größe sehen, Sonne und frische Luft!"

Frau Nebolka riss die schweren Vorhänge von den Stangen, putzte die Fenster, klopfte die Teppiche und kümmerte sich um die Wäsche. Dorli saß wie zur Steinsäule erstarrt in ihrem Sofa und musste mitansehen, wie die fleißige Polin sogar ihren Kaftan nahm, daran roch und diesen mit den Worten „Das ist Schande, nix gut, kommt weg!“ in einen Plastiksack der Altkleidersammlung warf. Im Nu glänzte der okkulte Shop und glich wieder der alten Änderungsschneiderei, inklusive einer kleinen Marienstatue im Winkel des Zimmers.

Dolores war vor Kummer erschöpft am Sofa eingeschlafen. Ich arbeitete während Frau Nebolkas Putzorgie in der Küche und freute mich insgeheim. Den letzten Willen hatte ich Norbert natürlich nicht erfüllen können, aber immerhin war der Shop wieder katholisch sauber und der geschäftstüchtige Engel in seine Schranken gewiesen, was Norbert im Jenseits zumindest auch befriedigen würde. Als ich mit einem nassen Geschirrtuch das Zimmer betrat, staunte ich wie ein Kind bei der Weihnachtsbescherung. Was zwei fleißige katholische Hände vollbracht hatten, glich wirklich einem Wunder. Meine Augen musterten zufrieden das Zimmer, doch zu meinem Schreck musste ich feststellen, dass irgendetwas fehlte: die Augarten-Urne mit Norberts sterblichen Überresten! Um Gottes willen!

„Wo haben Sie denn in Christi Namen die Pflanze hingegeben, die dort auf dem Sockel stand?“, fragte ich die Putzfrau. Wenn Dolores erwachte, würde sie einen Schlaganfall erleiden und das wollte ich weder ihr noch mir antun.

„Welche Pflanze?“ Frau Nebolka schien nicht wirklich betroffen zu sein.

„Na die Pflanze, die in der Vase!“

„Ach so, die! Pflanze kaputt, ist jetzt in Biomüll!“

„Und die Asche?“ Mir wurde mulmig. „Was ist mit Norbert?“

„Nix da. Hab alles gelehrt in Scheißhaus wie Tschik aus Aschenbecher! So a schene Vase! Da nix mehr Staub. Ist für Schokolade, habe gefunden in Lade. Du probieren?“

Sie bot mir und meiner Freundin eine Schokopraline aus der sauber geputzten Augarten-Vase an, die wir beide verdutzt annahmen. Frau Nebolka meinte schmunzelnd, auf Polen könne man sich eben verlassen. „Immer ihr Österreicher glauben, wir stehlen. Aber wir nix stehlen, auch wenn Vase schene Vase ist. Polen ist ehrliches Land. Polen ist katholisch! Du verstehen?"

Dorli verstand nichts, sie schmiss sich aufs Sofa und heulte, während ich hellauf lachen musste und mit Frau Nebolka in der Küche verschwand, um mit ihr auf Norberts neues Leben in Freiheit mit einem doppelten Marillenschnaps anzustoßen.

Seit diesem Vorfall weiß ich, dass es Wunder gibt. In diesem Fall hieß es Nebolka. Diese Wunder sind katholisch, weil polnisch. Sie zeigen sich heimlich und ohne größeres Zutun, einfach so.

Dolores hat übrigens ihren Namen geändert und auch ihre Geschäftstätigkeit. Sie hat ihre Änderungsschneiderei wieder aufgenommen und schneidert nun Trauerkostüme und schwarze Anzüge für Begräbnisse. Norberts sterblichen Überreste flossen ganz nach seinem letzten Willen über Dorlis Toilette in die Abwässer des Wiener Kanals, von dort aus weiter in den Wienfluss, danach in die Donau nach Bratislava bis ins Schwarze Meer. Weiter ging seine Reise durch den Bosporus bis nach Istanbul. Dort hat Norbert sich nun endlich mit Frau Pospischil aus Wien verbinden können, und die beiden verbringen dort glücklich vereint ihren zweiten Frühling in einem Brunnen vor der der Hagia Sophia.

Panta rhei – Alles fließt. Ein Wunder findet eben immer seinen Weg.

Als kleines, unschuldiges Mädchen von zehn Jahren musste ich mir Rosemaries Baby, einen Horrorfilm von Roman Polanski mit Mia Farrow in der Hauptrolle ansehen. Der Film war von meinen Eltern strengstens verboten und dadurch erst interessant. Als die Eltern außer Haus waren, packten meine Schwestern die Gelegenheit beim Schopf und kauften das Video. Damit ich den Betrug nicht verriet, musste ich mir den Film ebenfalls mitansehen. Neben dem Anblick meines nackten Großonkels in der Dusche, gehört Rosemaries Baby zu den traumatischsten Erlebnissen meines Lebens. Denn auch nach Jahren intensiver Aufarbeitung durch meinen Psychotherapeuten quälen mich immer wieder Ängste vor Dingen, die nur schwer zu verstehen sind. Ich miteingeschlossen.

Paranormale Phänomene

Es muss etwas dran sein am Zauber der Magie. Die Sehnsucht danach treibt die seltsamsten Blüten. Denn obwohl der *homo sapiens* mittlerweile alle technischen Möglichkeiten besitzt, in die tiefsten naturwissenschaftlichen Geheimnisse des Lebens vorzudringen, mutiert er auf der anderen Seite wieder zum abergläubischen Neandertaler, dem das Gruseln kommt, wenn er im dreizehnten Stockwerk eines Hauses wohnt, oder gar nicht erst auf die Straße geht, wenn er vom Fenster aus eine schwarze Katze von links nachts rechts laufen sieht. Eine ganze Industrie lebt von und durch religiös Verirrte und von okkulten Verschwörungstheoretikern. Dass dadurch die Gefahr besteht, in eine geistige Engstirnigkeit abzudriften, stört niemanden, darin liegt gerade das Erfolgsrezept von Magiern, Hellsehern und Heilern.

Diese Renaissance der Unvernunft, die sich Aberglauben nennt, gepaart mit völlig unkritischem Reflektieren, verbreitet sich im Internet und in den sozialen Medien gefährlich schnell und engt die persönliche Freiheit massiv ein. Blödheit bleibt uns trotz mannigfaltiger Informationsquellen aber auch in der analogen Welt nicht erspart, was uns einige Politiker –Marke Ibiza – in erschreckend satirischer Weise jeden Tag beim Blick in die Zeitung beweisen. Ein kleines Beispiel nicht aus der hohen Politik, sondern aus dem privaten Mikrokosmos gefällig? Gerne.

Ich habe eine Freundin, die ständig mit ihrem Gott auf Kriegsfuß steht. Eigentlich nicht mit Gott, sondern mit seinen weltlichen Vertretern. Und weil sie dachte, kurze Wege zum Himmlischen seien die Besseren, trat sie aus allen Vereinen, im Besonderen aus dem katholischen aus, um direkter und unmittelbarer mit dem Höchsten zu kommunizieren. Gott besitzt aber die unangenehme Eigenschaft, leise zu sprechen, beziehungsweise schweigt er am liebsten. So tat sie sich ungemein schwer, ihn zu verstehen.

Doch auch dafür gab es Lösungen. Sie ging in illustre Runden und nahm an spiritistischen Sitzungen teil, um mit dem Höchsten in Kontakt zu treten. In ihrer Wohnung, in der es durch ihre Duftöle wie in einer Parfümerie roch, hingen zentnerweise Quarzsteine an den Fenstern, um *seine* Energie empfangen zu können. Sie ließ sogar zweifelhafte Schamanen in ihrem Haus wohnen, um Teil ihrer Göttlichkeit zu werden. Der dafür benötigte Aufwand stresste sie natürlich ungemein und kostete sie so ganz nebenbei ein kleines Vermögen. Im Grunde, dachte ich damals, brauchte sie nur einen Mann und ausreichend sexuelle Betätigung.

Wie üblich saß ich einmal in der Woche mit ihr im Kaffeehaus. Ihre Haare waren ungepflegt, und ihre Stimme klang gedrückt leise. Sie sei von der allumfassenden Wesensheit – sie gebrauchte dieses Wort gerne, um *Gott* zu vermeiden – entzündet worden, sei in einem Zustand größter Erleuchtung und lodere vor Tatendrang wie die zwölf Apostel zu Pfingsten. Sie machte auf mich aber einen trockenen und leicht entzündbaren Eindruck, eher wie ein Büschel Stroh. Nach ein paar Gläsern Prosecco, die sie wie Wasser hinunterstürzte, um ihren inneren Brand zu löschen, gab sie unverhohlen zu, dass sie ein derart hohes Maß an Spiritualität erschlagen würde. Und teuer sei der ganze Zauber auch noch. Sie würde mich als Katholikin wirklich beneiden, ich sei ein eigenständig denkendes Individuum, könne machen, was ich wolle, mich Okkultem zuwenden oder nicht, und das alles um einen kleinen Obolus, der sich Kirchensteuer nannte. Ich gab ihr gönnerhaft recht, zahlte den Kaffee und die vier von ihr verspeisten Tortenstücke und lachte mich erst einmal auf der Toilette halbtot.

An dieser Stelle muss ich Ihnen ein Geheimnis verraten, liebe Leserinnen und Leser: Vor längerer Zeit erging es mir ähnlich wie meiner Freundin. Ich war auf dem Weg dazu, mich irgendwelchen okkulten Ideen und einem völlig absurden Aberglauben namens *Trudi* hinzugeben. Gottseidank habe ich meinen geliebten Odysseus, einen wunderbaren Psychotherapeuten und eine große Portion kritischen Hausverstand, die mich vor größerer Unbill bewahrten.

Vor etwas mehr als fünfundzwanzig Jahren, jung ungestüm und mit dem zweiten Kind schwanger, erwarben Odysseus und ich ein altes baufälliges Haus, das jahrzehntelang leer gestanden war und in das wir uns auf der Stelle verliebt hatten. Das Haus, eine Dorfvolksschule aus der Gründerzeit, hatte laut Auskunft des Bürgermeisters schon vieles erlebt, und weil die Gemeinde überschuldet und die Ruine ein hässlicher Anblick war, erstanden wir das historische Gemäuer um einen Pappenstiel. Als wir nach der Unterzeichnung des Kaufvertrages das Gemeindeamt verließen, konnte ich mir das überschwängliche In-die-Hände-Klatschen und das übertriebene Zuprosten der Gemeindevertreter nicht erklären. Offensichtlich war man froh, das Gebäude endlich losgeworden zu sein.

Auch unsere Nachbarn freuten sich über die neuen Bewohner ihres Dorfes und übergaben uns als Gastgeschenke kleine Amulette aus Tierzähnen, Kreuzchen und Rosenkränze, mit der Begründung, dies sei in ihrem Ort eben Tradition. Ferdinand, mein Erstgeborener konnte sich sogar über eine kleine Rassel, gefüllt mit getrockneten Kräutern und kleinen Haselnüssen, freuen. Ja, ja, dachte ich damals überschwänglich, am Lande werde Gastfreundschaft eben hochgehalten, nicht wie in der Stadt, wo jeder jeden ignorierte.

Erst der Pfarrer weihte uns dann eher beiläufig in das Geheimnis unseres Hauses ein, dabei hielt er meine Hand und schaute mir hypnotisierend in die Augen. Mit diesem alten Schulhaus sei etwas nicht in Ordnung, in ihm würde es spuken, zumindest erzählten sich das die Menschen im Dorf. Er glaube zwar nicht an den Blödsinn, drückte uns danach aber trotzdem ein Fläschchen mit Weihwasser in die Hand. Nur für alle Fälle. Damit solle ich die Räume meines Hauses besprengen, um Unheil von meinen Kindern abzuwehren, meinte er flüsternd. Wir nahmen die Flasche dankbar an, um danach das kleine selbstgepflanzte Kirschbäumchen im Garten zu gießen. „Unheil und Unholde! Huhuhu! Da fürchte ich mich aber gewaltig!“, lachte ich im Stakkato und tanzte um das Bäumchen herum. Nach einer Woche war es tot.

Die ersten baulichen Maßnahmen schritten zügig voran. Der Schimmelpilz wurde großflächig entfernt und Teile der Wohnzimmerdecke abgestützt. Wir kamen uns dabei vor wie in dem Film *Hinterholz 8* mit Roland Düringer. Mit einem kleinen Unterschied: Keine noch so üble bauliche Überraschung konnte unser kleines Glück drüben. Nicht einmal eine Bäuerin, die Frau des Bürgermeisters, die an die Türe klopfte und uns eindringlich davor warnte, im Haus zu bleiben. Ein Fluch läge über dem Gemäuer, genannt „die Truat“.

Ich tat das Ganze als dummes Geschwätz ab und machte mich sogar mit weit geöffneten Augen und einem schaurig-tiefen Timbre in der Stimme über sie lustig: „Klar liegt ein Fluch über dem Gebäude, weil es eine Schule war. Genau das lieben wir ja so sehr. Da sind noch Leichen im Keller, der Direktor, seine Frau und einige Pädagogen. Und der Geist vieler, vieler verstorbener Kinder, die geschlagen, ausgenützt und getreten wurden, weil sie übereifrig, schlimm oder aufsässig waren. Wir hören sie jede Nacht. Sie kommen aus den Löchern und Ritzen und erzählen uns heulend ihre grausigen Geschichten! Huhuhu!“ Ferdinand quietschte im Kinderwagen „Huhuhu“, und auch das Baby im Bauch hüpfte vor Vergnügen.

„Ihnen wird das Lachen noch vergehen!“, drohte sie mir mit bleierner Stimme und fuchtelte mit ihren knöchrigen Fingern in der Luft herum, danach ging sie schlürfend ihrer Wege. „Abergläubische Kuh!“, murmelte ich ihr nach, im gleichen Moment fiel die Küchenuhr von der Wand und zerbrach.

Wir sorgten uns nicht weiter darum und gingen hochmotiviert an die Arbeit. Von nun an hörte man ein fröhlich-aufgeregtes Hämmern, Bohren und Sägen im Haus. Hie und da mussten die Arbeiten aufgrund kleinerer handwerklicher Wehwehchen unterbrochen werden. Der Grund waren die Hände meines Mannes, er hatte nämlich zwei „linke“. Mit der Zeit konnte ich sogar schon größere Verletzungen fachgerecht verarzten, nur einmal musste ich den Notarzt rufen. Mein Geliebter war vor Freude über die ersten Gehversuche unseres Sohnes vom Fensterbrett aus in den Garten gesprungen – leider auf ein Holzbrett – und hatte sich einen fünfzehn Zentimeter langen Nagel durch den Vorderfuß getrieben. Der behandelnde Arzt mit italienischen Wurzeln hatte sich beim Betreten unseres Hauses mehrmals bekreuzigt und wiederholt monoton geflüstert: „Mamma mia, la sposa del diavolo!“ Komisch, was hatte die Frau des Teufels mit dem Nagel im Fuß meines Mannes zu tun?

„Also bitte, Herr Doktor!“, ereiferte ich mich, „hören’S bitte mit dem Fluchen auf. Das ist eine ganz normale Arbeitsverletzung. Mein Mann war blöd, sprang vom Fensterkreuz genau in den Nagel. Also tun Sie bitte etwas, sonst operiere ich ihn selbst!“

„Nein, um Gottes willen, nicht du!“, schrie mein Mann wie Jesus am Kreuz.

Nachdem der Arzt den Nagel entfernt und meinen Mann mit einer Tetanusspritze vor möglichen Infektionen geschützt hatte, meinte er nach drei Gläsern Marillenschnaps, er würde nie und nimmer in einer derartigen Bruchbude leben wollen. Außerdem hätte er von seinen Patientinnen das Gerücht gehört, dass hier etwas nicht stimme. *La sposa del diavolo*, die Frau des Teufels, würde hier ihr Unwesen treiben, worauf mein Mann grölend sein Glas in meine Richtung erhob und dem Arzt zuprostete, er sei nicht nur ein guter Arzt, sondern offensichtlich auch ein Hellseher!

„Primitive Idioten!", ärgerte ich mich. So etwas Dummes äußerten doch nur frustrierte Ehemänner nach dreißig Ehejahren! Diese plumpe Aussage gehörte in die Kategorie „Männersaunawitze" und war aus dem Mund meines Mannes völlig inakzeptabel. Doch bevor ich darauf antworten konnte, drehte sich mein Baby im Bauch und stieß mir mit seinen Füßchen brutal in die Leber. Im gleichen Moment musste ich an die alte Bäuerin denken, die mich ebenfalls vor dem Geist im Haus gewarnt hatte. Der tote Baum, die kaputte Küchenuhr, der rostige Kreuzigungsnagel und allein der Gedanke an den Fluch ließen mich und mein ungeborenes Kind unruhig werden. Die Idee von einer unheilbringenden Person in unserem Haus saß wie ein Stachel in meinem Fleisch. Schwangere sind ja bekanntlich sehr sensibel und sehen und hören Dinge, die „Normalsterbliche" gar nicht hören oder sehen können.

In Ermangelung wissenschaftlicher Bücher oder Zeitschriften in unserer häuslichen Baustelle ging ich mutig und voller Wissensdurst in das *World Wide Web* und suchte nach einer Erklärung für das Phänomen namens *Truat*. Natürlich, so mehrere „Fachartikel", gäbe es in der religiösen Vorstellungswelt der Menschen das absolut Böse, den Satan. Dieser hätte – warum sollte es dem Teufel anders ergehen als den Menschen? – auch eine Ehefrau. In ländlichen Regionen würde dieses hässliche Wesen auch als „Truat" bezeichnet werden. Es handle sich dabei um einen bösartigen weiblichen Geist, der sich Haus und Hof bemächtigte und kaum auszutreiben war.

Ich scrollte die halbe Nacht durchs Internet. Als ich bei den Seiten für Exorzismus angelangt war und die scheußlichen filmischen Dokumente von Teufelsaustreibungen sah, wurde mir angst und bange. Ich drehte den Computer ab und riss dabei das Kabel dermaßen fest aus der Steckdose, dass ein Teil des Mauerwerks abbröckelte. Alles ein dummer Aberglaube, dachte ich und ging zu Bett. Ich träumte von herrlichen Sommertagen, von einer gemeinsamen Bootsfahrt und von einem Picknick am Wasser. Doch völlig unerwartet kippte das Idyll in einen schrecklichen Albtraum. Ich hielt plötzlich meinen Vorderzahn in der Hand, den ich mir an einem Stück harter Wurst ausgebissen hatte.

Am nächsten Tag erzählte ich meinem Vater unter vorgehaltener Hand von dieser Horrornacht und von dem schrecklichen Albtraum. „Das ist völlig normal! Vor allem in deinem Zustand, da spielen die Hormone verrückt, und du siehst Dinge, die eigentlich gar nicht existieren!“, meinte mein Vater beruhigend. Er war Chemiker und daher überzeugter Naturwissenschaftler.

„Gottseidank, Papa! Wenigstens ein Mensch, der vernünftig ist. Die Leute hier auf dem Land sind ja völlig durchgeknallt, die machen mir richtig Angst. Wo du hinschaust, existiert dunkelster Aberglaube wie im Mittelalter – und das im 21. Jahrhundert!“

„Nimm das nicht ernst und schmeiß die Leute hinaus!“, meinte er beschwichtigend, um mir bei der Verabschiedung gleich noch einen guten Rat mit auf den Weg zu geben: „Aber aufpassen tust du schon auf dich und dein kleines Häschen im Bauch, versprochen?“

„Ist doch sonnenklar, Papa!“

„Ich meine ja nur. Meine Großmutter hat nämlich immer gesagt, wenn du von Wasser oder von den eigenen Zähnen träumst, dann passiert etwas Schlimmes. Nach solchen Träumen ist dann meistens irgendwer aus der Familie verunglückt oder gestorben!“ Dann ging er und hinterließ in mir eine große Portion Ratlosigkeit, die sich zusehends von unterschwelliger Angst in nackte Panik verwandelte.

Am nächsten Morgen sah ich mir den Schaden, den ich angerichtet hatte, genauer an. Ich observierte das Loch im Mauerwerk und bemerkte, dass sich dahinter ein Hohlraum befand. Ich klopfte ein paar weitere Ziegel aus der Mauer und griff mit meiner Hand in die Dunkelheit. Ein dünnes undefinierbares Stückchen blieb in meinen Fingern hängen. Vorsichtig zog ich es heraus. Was ich in der Hand hielt, war definitiv das Stück eines Knochens. Aus Leibeskräften schrie ich nach meinem Mann: „Hilfe! Da liegt ein Toter begraben!" Vor Schreck ließ ich das Knochenfragment fallen. Ferdinand hob es auf, nahm es in den Mund und fing damit zu spielen an.

„Pfui Teufel! Gib das sofort her!"

Das sture Kleinkind dachte aber nicht daran und fing zu schreien an.

„Jetzt hast du Ferdi zum Heulen gebracht!", ärgerte sich Odysseus.

„Spinnst du? Unser Kind kann doch nicht mit Leichenteilen spielen!"

„Das sind doch keine menschlichen Gebeine, Schatzilein, sondern irgendwelche Tierknochen, vermutlich von einer Katze! Das Viech ist jetzt ohne Bana im Nirwana!", lachte er mich aus. Ich solle mich doch bitte beruhigen, vielleicht weniger im Internet herumsurfen und mehr schlafen. Katzen gingen eben gerne an ruhige Orte, um zu sterben. Basta.

„Nix basta!", echauffierte ich mich. „Wie kommt dieses arme Viech bitte in diesen Hohlraum? Wahrscheinlich hat sie irgendjemand lebendig begraben, ein Sadist, ein Tierquäler oder ein Perverser. Möglicherweise ist das arme Tier von einem magischen Zauber *der Truat* angezogen worden und qualvoll verendet? Glaubst du nicht auch, dass die Leute im Dorf recht haben? Vielleicht gibt es wirklich etwas Unheiliges in unserem Haus, ein dunkles Geheimnis, einen Geist, der nach Erlösung ruft?"

Klein Ferdinand hatte die Lösung bereits auf den Lippen und lallte: „Trudi, Trudi!"

„Siehst du", schnauzte ich meinen Mann an, „sogar das Kind plappert schon davon, und Kinder haben da eigene Sensoren! Wir sollten zu dem netten Herrn Pfarrer gehen und uns noch einige Liter von dem Weihwasser holen. Hilft es nichts, so kann es ja nicht schaden, oder?“

„Tut mir leid, wenn ich das sagen muss, aber du hast einen Vogel!“ Odysseus ging kopfschüttelnd seiner Wege. Typisch Mann. Wenn es gravierende Probleme gibt, kneifen sie.

Abends lagen wir schweigend nebeneinander im Bett. Ich war tief gekränkt, weil er mich und *Trudi*, wie ich von nun an mein Problem nannte, nicht ernst nahm. Odysseus hatte einen Zettel in der Hand, brabbelte vor sich hin und schrieb irgendwelche Zahlen auf das Papier.

„Schatz, jetzt hab' ich es!“, meinte er überschwänglich, um mich aus meiner esoterischen Engstirnigkeit zu reißen, doch es war bereits zu spät.

„Unser Holzbalkon wird wunderbar, ich habe mir die Zahlen genau errechnet. Sechs Meter Länge, sechs Meter Breite und sechs Zentimeter breite Säulenabstände. Lustig, dass sich das genau mit diesen Maßen ausgeht.“

Ich wiederholte zitternd: „Sagtest du gerade sechs mal sechs mal sechs?“

„Ja, immer wieder Sex mit dir!“ Dann rutschte er auf meine Bettseite.

„Hör bitte auf! Du meintest die Zahlenreihe sechs - sechs - sechs?“

„Ja, und?“

„Merkst du nichts? Sechshundertsechsundsechzig! Die Johannesoffenbarung! Verstehst du nicht?“ Ich war offensichtlich wirklich mit einem ungebildeten Naivling verheiratet.

„Nein!“

„Das kannst du doch nicht ignorieren?! Sechshundertsechsundsechzig ist das Zeichen für den Antichristen. Schnell, komm, lass uns das Haus verlassen, sonst passiert etwas!“ Bei diesen Worten griff ich nach meinen Zähnen. Gottseidank waren alle noch da.

„Nichts werden wir machen! Bei dir tickt es nicht richtig!“ Dabei deutete er mit seinem Zeigefinger auf die Stirne. Unverschämtheit! „Und die Geschichten, die mir die Bäuerin über unser Haus erzählt hat? Das kümmert dich nicht?", heulte ich ihn an.

„Nein! Die trinkt doch und bezieht sicher ihren Geist aus einer Weinflasche! Apropos Flaschengeist, da kommt mir gerade eine gute Idee, meine bezaubernde Jeannie!" Odysseus zog mich zärtlich an sich. Ich riss mich aus seiner Umarmung, ein Rumpeln war vom Dachboden zu hören. Mir gefror das Blut in den Adern. „Das ist die *Truat*! Siehst du, die hat das jetzt gehört!"

„Jetzt ist es mir aber echt zu blöd! Wahrscheinlich war das ein Mader, der irgendein altes Möbelstück umgestoßen hat. Das ist ja wie in dem Film *Rosemaries Baby*! Du schnappst ja gerade über!" Wütend nahm er Polster und Decke und verzog sich damit ins Wohnzimmer, um endlich von mir und meinen abstrusen Geschichten Ruhe zu haben. Ich brüllte ihm nach, er sei ein herzloser und ignoranter Egoist, er wolle die Zeichen einfach nicht sehen und stürze die gesamte Familie durch seine Untätigkeit ins Verderben.

Von diesem Tag an schwiegen wir, nur das fröhliche Singen und Lachen unseres kleinen Ferdinands erhellte die Baustelle. Während mein Mann an der Terrasse sägte und arbeitete, kletterte ich heimlich auf den Dachboden, um mehr über die Geschichte des Hauses zu erfahren. Ich kramte in den alten Kisten und Schachteln herum und fand ein vergilbtes Büchlein. Auf dem Buchdeckel stand: *Mein Tagebuch – Anno Domini 1903*.

Verstohlen legte ich es in mein Nachtkästchen. Irgendwann würde ich Zeit finden, es zu lesen.

Zuvor musste ich aber noch den Kampf gegen die Unheilige aufnehmen und mein Haus retten. Denn ehrlich, was ging mich die Vergangenheit an? Wir hatten dieses Haus um sündteures Geld gekauft, uns damit auf Jahrzehnte verschuldet, hatten Zukunftspläne und wollten einfach glücklich sein, da hatte eine *Truat* eben keinen Platz.

Diesem Ungeist war nur mit viel Weihwasser beizukommen. In der Kirche hatte man ja genug davon. Literweise holte ich mir die geweihte Flüssigkeit vom Pfarrer, tauchte Kerzen, Löffel, Gläser und sogar das Babyfläschchen von Ferdinand in das Wasser, um es anschließend auch zum Bodenreinigen zu verwenden. Abends wartete ich, bis Odysseus schlief, und zündete in jedem Raum eine Kerze an. Danach betete ich laut aus dem Katechismus vor, um dem Teufelsweib zu zeigen, wer nun in diesem Haus die Herrin war.

Aber nicht nur äußerlich müsse das Haus wieder „rein" werden, meinte die Bäuerin, die uns nicht nur mit Milch, Brot und Wein versorgte, sondern mittlerweile auch zu meiner engsten Freundin und Beraterin geworden war, auch unsere Seelen müssten vor dem Ungeist geschützt werden.

Gleich in der Früh, noch vor dem Frühstück, zog sie mit einem geschlachteten Huhn um das Grundstück und strich mit dem Blut des Tierkadavers obskure Zeichen auf die Fensterstöcke und die Türschwellen. Dabei rief sie die wildesten Flüche und Gebete in den Himmel. Ich wiederum bediente mich eines ihrer alten Bauernrezepte, denn auch das Kind im Bett und das andere im Bauch mussten vor weiteren negativen Einflüssen *der Truat* bewahrt werden. Dass ich dazu die vermeintlichen Katzenknochen, die ich in dem Mauerloch gefunden hatte, rieb, sie mit Mehl und getrockneten Birkenblättern vermengte und den Staub kreisförmig um das Kinderbettchen schüttete, schien mir plausibel und logisch. Diese Vorgehensweise, die ich vor fünfundzwanzig Jahren praktiziert habe, ist mittlerweile anerkannte Praxis beim Bau öffentlicher Gebäude, zumindest in Wiener Gemeindespitälern.

Für ihre fachmännischen Dienste erhielt sie selbstverständlich ein angemessenes Honorar, das sie auch nur ungern annahm, immerhin ging es um Nachbarschaftshilfe und nicht um den schnöden Mammon. Sie strich dabei gespielt bescheiden die Hunderterscheine in ihre Schürzentasche, nur unter der Bedingung, wie sie immer wieder betonte, dass es sich hierbei um einen reinen Energieausgleich handle. Auch ihr Mann, der Bürgermeister, ein Beamter in Pension kam einmal wöchentlich vorbei und trieb mit Feuer und Federn Unholde und andere Naturgeister aus dem Haus. Und wie gesagt, würde es nichts nützen, so würde es garantiert nicht schaden.

Odysseus war aufgrund meiner intensiven spirituellen Reinigungsarbeiten in das Ikea-Plastikzelt von Ferdinand, das draußen im Garten stand, übersiedelt und schlief darin. Erst ein gefährliches Gewitter trieb den armen Mann ins Haus. Er stolperte über die vielen Rosenquarzsteine und Kerzenschalen in mein Bett. „Bei dir ist es doch am schönsten!", murmelte er mir zärtlich ins Ohr und spuckte dabei angewidert eine Hühnerfeder aus dem Mund. Genau im Moment der Hingabe und der Leidenschaft musst du als Frau standhaft bleiben, Haltung bewahren und an deine Prinzipien glauben, schoss es mir durch den Kopf, auch wenn es der zärtliche Ehemann als Erpressung wahrnimmt. Nur so funktioniert eine Beziehung. Ich schüttelte ihn von mir herunter und fragte: „Willst du mich nun bei der Reinigung des Hauses unterstützen oder nicht?"

Mein Mann hatte aufgrund seines plötzlichen Testosteronanstiegs jegliche geistige Hirnleistung auf Notfallbetrieb umgestellt. In dieser Situation hätte er mir alles versprochen. „Ja, natürlich! Ich mache alles, was du willst!"

Na bitte, es ging ja.

„Alles? Auch eine spirituelle Reinigung?"

„Nein, die nicht!"

Verdammt, ein kleiner Funke Widerstand, der nicht gebrochen war. Odysseus fasste mich mit beiden Händen an den Schultern und schaute mir dabei tief in die Augen: „Also, wenn du von mir verlangst, dass ich mich als ein *Van Helsing*-Geisterjäger betätigen soll und mich damit lächerlich mache, dann kannst du es vergessen. Ich mach' mich doch nicht zum Trottel!" Verärgert zog er die Bettdecke weg und rollte sich auf seine Seite.

„Gut, wie du willst, dann gehe ich eben. Ich bin nämlich nicht wie Rosemary. Ich werde unsere Kinder vor dem Zugriff dieser Wesen bewahren. Morgen zieh ich zu meiner Mutter!" Theatralisch schmiss ich die Türe zu, stampfte ins

Kinderzimmer und legte mich zu Ferdinand ins Kinderbett. Doch auch hier konnte ich nicht schlafen, ständig fühlte ich mich von Plüschbären, Häschen und Kasperlfiguren beobachtet. Da, in der Ecke! Da saß eine übergroße Clownpuppe, hatte die nicht eben mit dem Auge gezwinkert? Ich kuschelte mich noch enger an mein Kind und versuchte zu schlafen, doch ein undefinierbares Heulen hinderte mich daran. Vorsichtig schlich ich dem Geräusch nach, und siehe da, es kam aus dem Elternschafzimmer. Mein armer Geliebter, entweder wurde er von einem schrecklichen Albtraum gepeinigt, oder war dieses Wesen tatsächlich im Zimmer und bedrohte ihn? Meine Hand glitt vorsichtig an der Vorzimmerkommode entlang und griff nach einem schweren Glasbehälter, in dem sich eine Duftkerze befand. Ich öffnete die Türe und wollte gerade meinen Mann retten, doch dieser lag völlig entspannt auf dem Bett und lachte in sich hinein. Er hielt das kleine geheime Tagebuch in den Händen. „Bitte, setz dich zu mir, das musst du lesen, das ist einfach zu komisch!"

„Es ist zwei Uhr in der Früh, ich habe Besseres zu tun, als mir deine Gemeinheiten anzuhören!", schmollte ich.

„Auch wenn es dich schmerzen wird, ich werde dich jetzt über die wahren Geheimnisse dieses Hauses aufklären!"

„Um Gottes willen, ich will nichts mehr davon wissen!", meinte ich zitternd. „Ich kann dann nicht mehr schlafen!"

„Also", fing Odysseus an, „die junge Frau, die dieses Tagebuch geschrieben hat, hieß Gertrude, ich habe gerade ihre wirren, aber ziemlich erotischen Aufzeichnungen gelesen. Klingelt es bei dir?"

„Ganz und gar nicht!"

„Die berühmte *Truat*, dein Geist, dein Unhold, die Frau des Teufels, wie immer du sie nennst!"

Ich unterbrach ihn: „Bitte, sei leise und sprich nicht so laut davon, sonst kommt sie!"

„Keine Sorge, die kommt nicht wieder. Also, diese Gertrude gab es wirklich. Gertrude Mooslechner, die *hübsche Trudi* genannt, war Lehrerin in diesem Haus und ledig. Viele Männer umschwärmten die intelligente und reizvolle Person. Sie genoss die charmanten Avancen ihrer Verehrer und fing sich da und dort auch ein Pantscherl mit verheirateten Männern aus dem Dorf an. Die war ein echtes Luder, das kannst du mir glauben!"

„Drück dich bitte weniger sexistisch aus!", korrigierte ich ihn.

„Gut, wie du willst. Sie war eine echte Nymphomanin! Minutiös schrieb sie ihre geheimen Treffen mit ihren Liebhabern in ihr Tagebuch und sammelte die schwulstigsten Gedichte und Liebesbriefe, die man ihr beim sonntäglichen Messbesuch in die Schürze steckte. Als sie schwanger wurde, musste sie fort. Wer nun der Vater des Kindes war, verriet sie natürlich nicht, alle sollten sich verantwortlich fühlen. Im Grunde bin ich überzeugt davon, dass sie es selbst nicht wusste. Im Dorf führte diese Ungewissheit zu den aberwitzigsten Spekulationen. Vom schlechten Gewissen getrieben, suchten die Romeos heimlich in der Nacht nach dem Tagebuch, um es zu vernichten. Und weil es immer nachts in dem Gebäude herumpolterte, dachten die Frauen an den bösen Geist der Trude, die sich an den Bewohnern des Dorfes für die erzwungene Flucht rächen wollte, immerhin hatte sie ja beim Abschied das ganze Dorf verflucht."

Odysseus Erzählungen klangen plausibel, trotzdem konnte ich das Gehörte nicht fassen: „Ich glaube dir kein Wort. Du willst mich mit dieser Geschichte nur beruhigen!"

„Nein, will ich nicht! Du siehst überall Gespenster, wo keine sind!", antwortete er.

„Der tote Kirschbaum?"

„Den hast du mit deinem Weihwasser zu tot gegossen."

„Wie erklärst du dir die unheimlichen Geräusche in der Nacht?"

„Das ist das Quaken der Kröten im Badeteich vom Nachbarn!"

„Aha", meinte ich zweifelnd, „und die Knochen im Hohlraum?"

„Das ist das Einzige, was ich mir nicht genau erklären kann, wahrscheinlich ist eine Katze beim Herumstolzieren auf dem Dach in den Rauchfang gefallen, denn der Hohlraum ist der Kamin."

„Und die Bäuerin?"

„Deine sogenannte Freundin? Wie ich gehört habe, ist sie die Enkelin der verstorbenen Gertrude Mooslechner, die vor Jahren wieder ins Dorf ‚heimgekehrt' ist. Sie arbeitet als Kassiererin in einem Drogeriemarkt und betreibt im Nebenerwerb eine kleine Hobbylandwirtschaft. Deswegen kennt sie sich mit Heilkräutern und anderem Firlefanz aus. Sie wollte sich mit dem ganzen Hokuspokus ein wenig ihr Gehalt auffetten. Du siehst, es gibt keine ungeklärten Fälle in unserem Haus. Alles ist in bester Ordnung. Trotzdem habe ich mich selten so gut unterhalten wie beim Lesen dieses Buches. Es gibt wertvolle erotische Tipps, *Fifty Shades of Gray* ist ein Lärcherlschas dagegen!"

Fifty Shades of Gray? – Das muss man mir nicht zweimal sagen, ich riss es ihm aus der Hand und fing darin zu lesen an.

Seit mehr als zwanzig Jahren ist nun diese Geschichte meiner okkulten Zwangsneurose bei jeder größeren Familienfeier *die* willkommene Unterhaltung bei Tisch. Jeder will sie hören, alle lieben sie, weil man sich danach ungeniert über meine Blödheit lustig machen kann. Na gut, die Gäste sollen sich in meinem Haus wohl fühlen. Im Grunde ist ja nicht viel passiert, außer der schmerzlichen Erkenntnis, dass ich einem dummen Trugbild aufgesessen bin. Mich stören der Hohn und der Spott keineswegs, denn ich trage das Geheimnis einer guten Beziehung immer bei mir: das erotische Tagebüchlein der Gertrude Mooslechner. Sie glauben ja gar nicht, wie erfrischend diese Lektüre auf ein langjähriges Eheleben wirken kann.

Und wenn mich trotzdem hie und da unbegründete Angst im Hause packt, weil um Schlag Mitternacht das elektronische Klavier meines Sohnes zu spielen beginnt, die Pendeluhr für eine Stunde das Ticken einstellt und ich in manchen

Ecken in übelriechende Kältebrücken tappe, dann schließe ich einfach die Augen. Ich atme dann tief ein und wieder aus, um mein Herzchakra wieder ins Gleichgewicht zu bringen. Es gibt nichts Übersinnliches in meinem Haus, denke ich mir, hier handelt es sich um völlig „normale“ paranormale Phänomene. Mein Mann und mein Psychotherapeut sehen das übrigens genauso.

Wie heißt es so schön? Das Leben beginnt und endet mit breiiger Nahrung. Am besten, man gewöhnt sich schon früh daran.

Der Jungbrunnen

Meine Tante Frieda ist seit Jahren Witwe und hat sich einer Gesinnungsgemeinschaft angeschlossen, die mit größter Leidenschaft und Hingabe ihre Krankheiten und Wehwehchen pflegt. Einmal pro Woche trifft sich diese illustre Damenrunde bei meiner Mutter, um ausgiebig und im Detail über chronische Diarrhöen, Herz-Kreislaufschwächen und Inkontinenzen zu reden. Tante Frieda ist in diesem Kreis – krankheitsbedingt – die Vorsitzende. Obwohl einst Schneiderin, hat sie in ihrer Pension die Liebe zur Medizin entdeckt und gibt gerne Auskunft über Diagnose, Medikation und Dosierung von Präparaten, die bei ihr immer helfen, auch wenn man sie gar nicht danach fragt.

Während die Diabetikerinnen fleißig an ihren Torten naschen, erzählt sie von ihren letzten Spitalsaufenthalten, im Zuge derer sie ohne schlechtes Gewissen – sie hätte in ihrem Leben genug Sozialversicherungsbeiträge eingezahlt – zwei Diplomkrankenschwestern, drei Assistenzärzte und den Leiter der Internen Abteilung auf dem Gewissen hatte. Ihr Siechtum nach einer Darmspiegelung und der Entfernung zweier wirklich großer, schleimiger Abszesse – weitere Details erspare ich dem Leser – war nur von kurzer Dauer gewesen. Sie hielt vom Bett aus nicht nur das Personal, sondern auch die Familie mit ihren Befehlen und Anweisungen auf Trab. Jede zärtliche Geste, jede einfühlsame Erklärung, ja sogar medizinische Notwendigkeiten stellte sie infrage. Ärzte seien alle gierige Schweinehunde, Krankenschwestern blöde, und die Angehörigen sowieso mehr als entbehrlich. Vom Essen wollte sie gar nicht erst erzählen. Nur so viel, ihren chronischen Durchfall hatte sie sich sicher im Krankenhaus geholt, weil das ausländische Putzpersonal keine Ahnung von richtiger Hygiene hatte.

Das klinisch auffällige Verhalten stieß auch meine Mutter, die sich seit Jahren um ihre betagte Schwester kümmerte, in einen seelischen Abgrund. Sie musste nach einem Nervenzusammenbruch selbst drei Wochen in eine Erholungsklinik. Und weil Tante Frieda nicht alleine leben konnte, immerhin wurde sie ständig von Herzinsuffizienzen und möglichen Schlaganfällen bedroht, zog sie mit Präventivsauerstoffflasche, einem Spitalsbett und einem Apothekenschrank voller Medikamente in unser Haus. Ihre beste und längste Freundin nahm sie natürlich mit, eine Ischias Neuralgie.

Nun begann die härteste Zeit in meinem Leben. Weinen, Jammern und Wehklagen streiften durchs Haus und übertönten sogar das Lärmen der Kinder. Ich konnte es ihr nicht recht machen. Einmal war der Tee zu heiß, dann zu kalt, und überhaupt brauchte sie einen starken Kaffee, der ihren am Boden liegenden Blutdruck wieder auf die Beine stellen sollte. Das Bett verließ sie erst gar nicht, das hätte ihre Freundin, Frau Ischias nicht zugelassen. Weil auch der Magen und der obere Darmtrakt unter den starken Medikamenten litten, versuchte ich, ihr die leichtesten Gerichte zuzubereiten. Sie aß keinen Bissen. Ihr Nervenleiden hatte sich bereits auf die oberen Extremitäten ausgebreitet. Sie kämpfe mit einer beginnenden Lähmung, die es ihr unmöglich machte, den Löffel selbständig zu halten. Ich versuchte trotzdem, ihr einen Grießbrei zu füttern.

„Tante Frieda, hast du schon deine Medikamente genommen?“, fragte ich die Bedauernswerte.

„Wie denn? Wenn ich zu schwach bin, ein Glas Wasser zu halten! Dumme Göre!“ Dabei spuckte sie ihren Schleim in ein faseriges Taschentuch, das sie zerknüllte und einfach vor mir auf den Boden warf. Ich hob es auf, desinfizierte die Bodenfläche mit *Lysoform* und hielt ihr drohend die Plastikflasche vor ihr Gesicht: „Doch, Tante Frieda, du kannst es halten!“

Meine Drohung ignorierte sie.

„Nein, kann ich nicht!" Sie schob mich zur Seite. „Da, sieh nur meine zittrigen Hände, das ist das beginnende Nervenleiden! Gib mir lieber zehn Paspertintropfen auf den Löffel. Mir ist richtig schlecht, allein wenn ich den Grießbrei rieche!"

Ich gab ihr Magenschoner und Tropfen und hielt die Flasche Wasser mit Strohhalm wie eine Amselmutter unter ihren geöffneten Schnabel. Sie zog daran wie ein sechsjähriges Kind nach einem dreistündigen Fußballturnier. Danach legte sie erschöpft ihren Kopf in den Polster zurück.

„Danke! Glaubst du, dass der Ischiasnerv irgendetwas mit dem Magen zu tun hat?"

„Nein, Tante Frieda! Das ist anatomisch nicht möglich! Der Ischiasnerv ist bei deinem Hintern, der geht nicht durch den Magen, also nimm den Löffel und iss endlich deinen Grießbrei!"

Innerlich kochte ich! Auch wenn ich im Wesen Tante Frieda, genetisch bedingt, glich, und auch eine gewisse äußere Ähnlichkeit nicht von der Hand zu weisen war – ein derartiger Hypochonder würde ich nie werden!

Als Trotzreaktion für mein unsensibles Aufbegehren hatte sie ihrer Inkontinenz freien Lauf gelassen. Mühsam hatte ich sie nach einer Stunde gesäubert und das Bett wieder frisch überzogen. Endlich war Ruhe.

Erschöpft schlief ich in der Küche auf der Schüssel Grießbrei ein, die sie natürlich nicht gegessen hatte. Ich träumte von einem schönen Altersheim, einer 24-Stunden-Pflege, oder noch besser, von einem langen Spitalsaufenthalt, weil Tante Frieda sich, nachdem sie über ihre Krücken gestürzt war, einen Bruch des linken Schienbeines zugezogen hatte. Im Traum erschien mir jedoch auch der Vorstand der Klinik, der mir unmissverständlich deutlich machte, er könne und wolle Tante Frieda nicht aufnehmen. Das Personal wäre heillos überfordert und würde bei einer stationären Aufnahme sogar mit Streik drohen. Wir standen vor verschlossenen Türen. Wie schrecklich!

Ich erwachte jäh, mein Mann küsste mir zärtlich den Nacken. „Odysseus, Tante Frieda muss fort! Ich halte dieses Weib einfach nicht mehr aus! Und wenn sie kein Spital oder Altersheim nimmt, dann bring ich sie einfach um!"

Mein Mann nahm nun die Dinge selbst in die Hand, und wie durch ein Wunder erholte sich Tante Frieda. Sie gehorchte, aß, trank und wollte nach ein paar Tagen nichts mehr von ihrer Freundin, Frau Ischias. wissen! Mein Mann sei ein Engel, den ich gar nicht verdient hätte, motzte sie mich an.

„Ich bewundere deine Geduld! Wie hast du das gemacht?", fragte ich ihn einigermaßen erstaunt.

„Ganz einfach, ich hab' die Augen geschlossen und mir vorgestellt, wie du in dreißig Jahren sein wirst! Um einige Kilos schwerer und ungefähr genauso lästig wie Tante Frieda. Immerhin liegt Hysterie ja in eurer Familie! Dann hab' ich mit ihr geredet wie mit dir! Das hat funktioniert!"

Sehr nett! Ich stand auf und holte mir aus Tante Friedas Medizinschrank ein Valium. Sie hat es mir gerne gegeben, sie brauchte es jetzt sowieso nicht mehr.

Nach einigen Wochen trug sie meine Kleidung, erstellte die Haushaltsrechnung und kochte jeden Tag in der Früh, zu Mittag und am Abend Köstlichkeiten, von denen meine Kinder und mein Mann immer schon geträumt hatten. Sie hatte sich die Haare blond gefärbt, trug auffällig betonendes Make-up und sang auch beim Fenster- oder Bodenputzen in unserem Haus.

„Sag, hast du das Gras meines Sohnes geraucht?", fauchte ich sie eines Tages an, weil mir ihre unbekümmerte Jugendlichkeit mächtig auf die Nerven ging.

„Nein, Liebes! Dein Haus ist ein Jungbrunnen für mich und Odysseus mein Lebenselixier! Ich fühle mich wieder wie fünfzig!" Sie sprühte mit feurigen Augen und strich meinem Mann dabei zärtlich über die Schultern. Das war zu viel des Guten!

Nach meinem Nervenzusammenbruch und einem achtwöchigen Rehabilitationsaufenthalt ist nun Tante Frieda ganz zu uns gezogen, um mich medizinisch und auch pflegerisch bestmöglich betreuen zu können. Fein, jetzt gibt es jeden Tag eine Schüssel Grießbrei für mich.

Wie heißt es so schön? Das Leben beginnt und endet mit breiiger Nahrung. Na Mahlzeit!

Krankenbesuche

Versprechen sind wichtig und daher auch unbedingt einzulösen. Aufgrund eines solchen musste ich meine greise Tante Katharina im Krankenhaus besuchen. Meine Mutter hatte mich darum gebeten. Da ich mein *Vergissmeinnicht* kenne und wusste, sie würde ihr Anliegen sofort wieder vergessen, tat ich ihr die Freude, wobei mir dieser Dienst nicht schwerfiel, denn ich liebte meine Tante.

Die Tante hieß nach mir, also eigentlich umgekehrt, ich heiße nach meiner Tante: Katharina. Meine Mutter wollte ihrer Schwester mit der Namensgebung anlässlich meiner Geburt eine Freude bereiten, was ihr auch gelang. Unsere Beziehung war etwas ganz Besonderes. Von allen Familienmitgliedern war mir die alte, etwas schrullige Dame am liebsten. Katharina gehörte zu den Menschen, denen das Alter nichts anhaben konnte. Ganz im Gegenteil. Ich hatte manches Mal den Eindruck, jedes Jahr, das sich wie ein Baumring um sie legte, machte sie noch schöner, noch klüger und noch interessanter. Sie sprach wie ein Kind, war eigenwillig wie ein Kind und leidenschaftlich wie ein Kind. Die wunderbarsten Eigenschaften waren aber ihr scharfsinniger Humor und ihre unbeugsame Lebenskraft.

Tante Katharina musste sich einer Vorsorgeuntersuchung, einer Darmspiegelung, unterziehen, was im Grunde durchaus empfehlenswert war, die Sinnhaftigkeit eines derartigen Eingriffs bei einer Dreiundachtzigjährigen jedoch eher fragwürdig.

Eigentlich sollte auch ich mich untersuchen lassen, das meint zumindest mein lieber Hausarzt. Tu' ich aber nicht, ich verdränge nämlich gerne und nütze daher jede noch so blöde Ausrede, mich davor zu drücken. Ich hätte nun wirklich keine Zeit, weil ich ein neues Buch fertigschreiben müsse, und wolle mich in der momentanen Phase unangenehmer Depressionsschübe nicht wirklich mit dem eigenen Gedärm beschäftigen. Und diese *momentane* Phase hält inzwischen vier Jahren an.

Ich führe, wenn ich ehrlich bin, nicht wirklich einen gesunden Lebenswandel. Ich esse unregelmäßig und zu viel, verzichte ungern auf meine obligaten Frust-Leberkäsesemmeln, und überhaupt: Mehr Bewegung würde mir auch nicht schaden. Noch dazu befinde ich mich mit meinen fünfundfünfzig Lenzen in einem gefährlichen Alter. Zumindest meint das meine Putzfrau Irmi: „Du musst schauen, dass du über die wichtige Grenze von sechzig Jahren springst! Die meisten Herzinfarkte und Schlaganfälle sind zwischen fünfzig und sechzig. Danach ist es egal."

Auf die Frage, woher sie diese medizinischen Weisheiten habe, die durchaus plausibel klingen, gibt sie mir stets zur Antwort, dass sie mit ihren siebzig Jahren genügend Lebenserfahrung sammeln hatte können. Die Hälfte ihrer Verwandtschaft, alle flotte Mitfünfziger, seien ihr unter der Hand systematisch weggestorben. Einfach so. Einmal war es ein Schlaganfall, ein anderes Mal ein Herzinfarkt, dann ein offener Oberschenkelhalsbruch mit Todesfolge, und von den stillen zurückgezogenen Krebspatienten, irgendwo zwischen Chemotherapie und Palliativstation, wolle sie erst gar nicht reden. Das sind durchaus zermürbende Aussichten. Ich verspreche ihr dann jedes Mal, wenn sie putzen kommt, möglichst rasch zu einer Vorsorgeuntersuchung zu gehen – und habe es im gleichen Moment auch schon wieder vergessen.

Mein Krankenbesuch hatte eigentlich zweierlei Gründe: Zum einen wollte ich meiner Tante etwas die Zeit vertreiben, zum anderen konnte sie mir einiges Wissenswertes über ihre Darmspiegelung erzählen, vor der ich mich so fürchtete, die aber unaufschiebbar war.

Wie üblich war ich zu spät und sprang in letzter Sekunde keuchend in den Lift, dessen Türen sich gerade schließen wollten. Ich entschuldigte mich für die kurze Unterbrechung in zwei genervte Augenpaare, die offensichtlich zu „Göttern in Weiß" gehörten. Die beiden Ärzte waren in ein Gespräch vertieft, sie nahmen von mir keine sonderliche Notiz. Der Lift fuhr los.

„Herr Kollege, ich bin völlig überwältigt! Alle Achtung, wie Sie heute den Darmdurchbruch operiert haben! Und das in *der* Geschwindigkeit!", versuchte sich der Assistenzarzt bei seinem Chef einzuschleimen.

„Das ist alles eine Frage des Könnens und der Erfahrung, werter Kollege! Sie werden es schon lernen!", meinte dieser herablassend und tippte dabei gelangweilt in sein Smartphone.

Der junge Arzt bohrte aber schmeichelnd weiter: „Bemerkenswert, wie Sie die *fascia transversalis abdomini* mit der Eingeweidehaut verbunden haben! Nähen Sie die Bauchhäute mit Fäden oder klammern Sie diese lieber zu?"

„Von welchen Bauchhäuten reden Sie da eigentlich?", fragte der Oberarzt, sichtlich von den Fachkenntnissen seines Assistenten beeindruckt.

„Na von der *fascia transversalis abdomini* und der Eingeweidehaut!"

„Sieh an, dort gibt es solche Häute? Wirklich?" Etwas verwirrt ließ er die Augen von seinem Handy abschweifen und starrte den jungen Arzt an. „Keine Ahnung, wovon Sie sprechen! Wissen Sie, in Anatomie war ich nie der Beste!"

Der Lift stoppte, ich war in meinem Stockwerk angekommen. Mit zittrigen Knien verließ ich den Ort des Schreckens. Ich dachte an meine Putzfrau. Fünf Jahre müsste ich noch mindestens gesund leben, dann hätte ich das Schlimmste überstanden. Meine Sorgen würde ich dann los sein und nicht mehr in die Klauen solcher Ärzte geraten.

Ich suchte nicht lange nach dem Türschuld von Tante Katharina, sondern ging den lautstarken und geruchsintensiven Flatulenzen, die sich über die gesamte Interne Abteilung gelegt hatten, nach. Die Tante lag aufgebahrt in ihrem Bett und rieb sich ihren Bauch, der lautstark mir ihr sprach. Neben ihr lag dösend eine ältere Dame.

„Jö, ist das nett, dass du mich besuchst!", jubelte sie mir lautstark entgegen. Sie hatte offensichtlich vergessen, ihr Hörgerät in die Ohren zu schieben. Ihre Bettnachbarin atmete einmal kurz durch, dann schlief sie weiter. Katharina zog überschwänglich ihre Bettdecke zur Seite und zeigte auf ihren aufgedunsenen Bauch. „Der kommt nicht von meinem Reizdarm, das war die gestrige Krautsuppe! Du weißt ja mein Kind, ich bin ständig auf Diät! Witzig, mit diesem Bauch komm' ich mir wie die biblische Sarah vor!" Die Arme stand offensichtlich noch immer unter Betäubungsmitteln. Ich versuchte sie im Bett zu halten. „Sarah? Die aus dem Alten Testament?"

Sie presste die Augenlider zusammen, ließ wieder einen Pups und meinte lachend: „Ja, Sarah! Die Frau von Abraham hat noch mit neunzig Jahren ein Kind bekommen!" Sie fühle sich quietschfidel und munter. Ein kleines Wunder, denn für ihr fortgeschrittenes Alter, ihren hohen Prosecco- und ihren täglichen Zigarettenkonsum hatte sie einen strahlend jugendlichen Teint und das Auftreten einer Sechzigjährigen.

„Tante Katharina, du bist nicht Sarah und auch nicht schwanger! Das kommt wahrscheinlich von der Darmspiegelung! Hat es sehr wehgetan?" Dabei richtete ich ihr wieder den Polster zurecht und schüttelte die Bettdecke auf.

„Aber nein, gar nicht! Ich weiß nicht einmal, ob ich schon dran war. Entweder sind das die Medikamente, oder ich verblöde bereits wie die Dame neben mir! Da hilft jetzt nur eines!"

„Was denn?"

„Eine gute Zigarette! Die rauche ich jetzt auf der Toilette!"

Die Tante war sichtlich stolz auf ihren Reim. Ich war mir sicher, das Reimen kam vom Propofol. Sie hätte schon so vieles erlebt und überlebt, versuchte ich sie zu beruhigen, zwei kaputte Hüften, lädierte Knie, eine unangenehme Herzoperation, Arthrosen und Arterienverkalkungen. „Also warum, um Himmels willen, hörst du nicht zu rauchen auf?"

„Weil ich an irgendetwas sterben muss, oder glaubst du, ich will hundert werden? Rauchen ist dabei das schönste Laster! Ich sag dir was, mein Klugscheißerl: Gar nicht krank, ist auch nicht g'sund!" Bei dem Wort *Klugscheißerl* kniff sie mich in die Wange, was einen knallroten Fleck zurückließ.

Gehorsam legte sie sich wieder in ihren Polster zurück, und ich setzte mich erschöpft mit einem Sessel an die Seite ihres Bettes. Im Grunde war ich heilfroh, dass ich sie vom Rauchen abgehalten hatte, denn mit dem hohen Kohlendioxidgehalt und den Fäulnisgasen aus ihrem Bauch hätte sie wahrscheinlich die halbe Klinik in Brand gesetzt.

Wir vertrieben uns die Zeit damit, Verben, also Tätigkeitswörter, für den Überbegriff *Blähung* zu finden, die synonym verwendet werden konnten und ihren Zustand bestmöglich beschrieben. Dabei stießen wir auf die duftigsten und blütenreichsten Wortkreationen wie *flatulieren, pupsen, furzen, winden, abschasen oder vapeurisieren,* was uns königlich amüsierte.

Unser intellektuelles Fragespiel wurde jäh unterbrochen, als die Türe aufgestoßen wurde und eine Karawane kreischender und schwatzender Damen samt Fortpflanz das Zimmer betrat: die Familie der schlafenden Bettnachbarin. Zwei Buben stürmten auf die Patiententoilette, eine der Frauen sog wie ein Tornado alle Sitzmöglichkeiten ein, während uns eine andere unaufgefordert die Familienverhältnisse der Bettlägerigen erklärte: „Frau Irene Berger, guten Tag! Ich bin die Tochter von Frau Berger! Ein böser Schlaganfall."

Wir nickten beide betroffen. „Guten Tag!"

Sie redete weiter: „Das hier ist meine Schwester Sonja Berger!"

„Tag!"

„Sonja Berger mit Enkelsohn Pauli!"

Pauli war zwar physisch im Raum, aber psychisch nicht in der Lage, dem Gespräch zu folgen, der Teenager hatte sein Handy in der Hand und spielte völlig in sich versunken ein Computerspiel.

„Und das ist Renate Grünbaum, geborene Berger, mit Ehemann und den Zwillingen Siegfried und Roy!", redete sie ohne Aufforderung wie eine aufgezogene Spieluhr weiter.

Meine Tante fing zu lachen an. „Das ist aber nicht Ihr Ernst, Siegfried und Roy?!"

Frau Renate schaute pikiert. „Ja, Sie haben richtig gehört. Wobei Roy ja erst kürzlich gestorben ist, ein großer Verlust für uns Hobbymagier. Wissen Sie, wir haben wegen der beiden vor fünfzehn Jahren in Las Vegas geheiratet, gell Schnutziburli?!"

Das *Schnutziburli* saß bereits auf einem Sessel in der Ecke des Zimmers, nickte und scrollte dabei gelangweilt auf seinem Smartphone. Seine ausgestreckten Beine reichten bis zum Bett meiner Tante. Siegfried und Roy, die Zwillinge, waren offensichtlich zweieiig, der eine war ziemlich groß und von schlanker Statur und der andere gedrungen. Eines hatten aber beide gemein, beide waren unglaublich hässlich. Sie hatten es sich am Fußende des Krankenbettes gemütlich gemacht und verspeisten die Bananen und die Torte ihrer Großmutter, die am Nachttisch gestanden waren.

„Die sind ja herzallerliebst!", kicherte meine Tante. „Und lieb schauen sie aus, ganz der Papa!"

Sonja Berger nahm die Hand ihrer sterbenskranken Mutter und drückte sie an ihr Herz. „Dich hat das Schicksal so grausam erwischt, gell Muttilein?!"

Die Schwestern hielten einander die Hände, machten dabei einen Kreis wie die Hexen von Eastwick und weinten bitterlich. Herr Grünbaum schaute kurz betreten hoch, während die Kinder lautstark auf ihren Spielkonsolen herumhämmerten, dann scrollte er wieder weiter. Für einen kurzen Moment herrschte Ruhe im Zimmer.

„Findet ihr nicht, dass Mutti unfrisiert ausschaut?", befand Sonja in die trauernde Gruppe hinein. Schon hatte sie den Knopf des Schwesternnotrufes gedrückt. „Also, so stirbt unsere Mutter sicher nicht!", herrschte sie die herbeigeeilte Krankenschwester an. „Muttilein braucht ein frisches Hemd, und die Haare machen Sie ihr auch, aber schnell!"

Verärgert griff die Krankenschwester zu einer Bürste, frisierte die Schlafende und meinte in die keifende Meute, dass es der Patientin in einigen Tagen sicher besser gehen würde. Danach verließ sie wütend das Zimmer.

„Ich bitte Euch! Besser?! Nach einem so schweren Schlaganfall? Die Krankenschwester hat ja keine Ahnung. Und wieder einmal kein Arzt weit und breit, den man fragen kann. Typisch österreichisches Krankenkassensystem, wenn du einen Arzt brauchst, ist nie einer da!"

„Ist die Oma endlich tot?", fragte Paul.

„Pssst, dummer Bub! Aber nein!", antwortete Sonja Berger.

Die Zwillinge hüpften ums Bett der Dahinsiechenden und stritten lautstark miteinander. Jeder wollte zuerst die tote Omi sehen.

„Könnt ihr euch nicht einmal in dieser schweren Stunde zusammenreißen, ihr unerzogenen Fratzen!", brüllte Herr Grünbaum aus der Ecke.

„Da hast du hoffentlich nur deine Kinder gemeint, oder?!", ärgerte sich Sonja Berger und wischte mit ihrem Taschentuch den Speichel weg, der aus dem Mund der Patientin geronnen war. Paul zeigte seinem Onkel die Zunge, worauf ihm seine Mutter eine schallende Ohrfeige verpasste.

„Bravo, die hat gesessen!", meinte meine Tante und kuschelte sich wieder in ihren Polster. Die Szenerie gefiel ihr besser als unser Ratespiel. „Ist das nicht schön, die sind ja noch ärger als unsere Familie!", flüsterte sie mir befriedigt ins Ohr.

„Hört auf zu streiten an Omis letztem Tag!", brüllte Irene Berger in die Runde. Plötzlich öffnete die Totgeweihte ihre Augen und schaute verdattert in die Runde.

„Jesus, ein Wunder! Muttilein, du lebst?" Irene hatte Tränen in den Augen. Ich war mir sicher, dass sie sich nicht wirklich über die plötzliche Wiedergeburt ihrer Mutter freute.

Frau Berger nickte fast unmerklich.

Sonja starrte ihre Mutter an: „Sag, Muttilein, hörst du uns?"

Frau Berger nickte.

„Kannst du sprechen?"

Die Arme verneinte.

„Was hättest du denn gerne?", fragte Sonja weiter.

„Dummer Kuh!" Irene schob sie beiseite. „Du musst ihr Fragen stellen, die sie mit Ja oder Nein beantworten kann!"

Renate Grünbaum kümmerte sich in der Zwischenzeit um die Zwillinge und versuchte, den Buben die Hände zu waschen. Sie hatten angefangen, den Kathederschlauch der Harnflasche zu öffnen, was ihnen auch teilweise gelungen war.

„Willst etwas essen, Muttilein?"

Frau Berger schüttelte den Kopf.

„Vielleicht etwas trinken, Muttilein?"

Frau Berger schüttelte den Kopf.

Sonja Berger versuchte trotzdem, ihr aus dem Schnabelbecher Flüssigkeit in den Mund zu träufeln. Es gelang nicht. Der Tee rann aus dem Mundwinkel auf die Bettwäsche. „Na geh, Muttilein, jetzt hast du den schönen Polster angepatzt!"

Herr Grünbaum meinte lapidar aus seiner Leseecke, dass nun harte Zeiten auf die Familie zukämen, denn nun hätten sie durch den Schlaganfall einen echten Pflegefall.

„Also, bei uns kann sie nicht bleiben!", bäumte sich Renate Grünbaum sofort auf. „Eine Pflegebedürftige und Zwillinge? Da kann ich ja gleich meinen Beruf an den Nagel hängen. Soll es doch Sonja machen!"

„Ich?!", fragte Sonja empört. „Ich bin Alleinerzieherin, unmöglich! Außerdem ist meine Wohnung viel zu klein. Was ist mit dir Irene, du bist doch schon in Pension und Witwe. Für dich wäre das keine große Änderung in deinem Leben. Die Mutti lebt schon so lange bei dir, und ehrlich, wie sagt ein Sprichwort? ‚Alte Bäume sollst du nicht verpflanzen'. Wir helfen dir natürlich, weil das Badezimmer und das Klo jetzt schon behindertengerecht umgebaut werden müssten. Schau, die Mutti ist doch so gerne bei dir. Außerdem hast du ohnehin am meisten von Mutti abkassiert, seitdem sie bei dir lebt."

Frau Berger fing plötzlich zu röcheln an und öffnete ihren Mund. Sie konnte aber kein Wort, geschweige denn einen Satz formulieren.

„Arme Frau", dachte ich und hielt die Hand meiner Tante umso fester.

„Bist du müde, Muttilein?", fragte Irene. „Sollen wir morgen wiederkommen?"

Frau Berger überlegte, dann nickte sie.

„Schau Muttilein, du hast ja ohnehin noch eiserne Reserven. Die sind genau für solche Zeiten da. Wo du die Sparbücher hingelegt hast, das kannst du uns ja morgen sagen. Zuerst einmal musst du gesund werden. Einverstanden, Muttilein? Wir werden erstmal mit einem Arzt reden, dann kommst du für sechs bis acht Wochen auf Rehabilitation und danach zu mir oder gleich in ein Pflegeheim. Das hängt nun ganz von dir und deiner Genesung ab. Wir haben jetzt Zeit. Hast du mich verstanden? Morgen nehmen wir dir einen großen Erdbeerpudding mit. Pudding kannst du auch leichter schlucken, gell Muttilein?"

Frau Berger nickte bejahend. Danach erhoben sich die Kamele und schritten bedächtig als Karawane wieder aus dem Zimmer. Einen Abschiedsgruß an uns hatten sie vergessen.

Jetzt erst konnte ich wieder richtig ein und ausatmen. Um Gottes Himmels willen, was war denn das für eine grausige Fata Morgana gewesen?

„Ganz ehrlich, an Frau Bergers Stelle würde ich mich vergiften oder, besser noch, mich von der Nachtschwester mit einem Polster ersticken lassen", flüsterte ich meiner schwerhörigen Tante ins Ohr. Katharina lachte, und auch Frau Berger schmunzelte dabei.

„Dein größter Feind ist die eigene Verwandtschaft! Ich habe es schon probiert, das mit dem Gift hat nicht geklappt. Ich werde heute Ihre Tante fragen, vielleicht hilft sie mir dabei!", nickte uns Frau Berger wohlgelaunt zu.

Meine Tante und ich waren zu staunenden Salzsäulen erstarrt.

„Sie können sprechen?", fragte meine Tante irritiert. „Ihr Schlaganfall, Ihre gelähmten Hände und Beine? Sind Sie ein Wunder?"

Frau Berger sprang aus dem Bett, stellte sich vor uns hin und machte fünf Kniebeugen. „Klar, kann ich reden", lachte sie.

„Die ganze Zeit schon?"

„Natürlich, die ganze Zeit! Ich hatte keinen Schlaganfall, nur eine kleine altersbedingte Kreislaufschwäche. Das ganze Leben ist eine Täuschung. Ich war lange genug mit einem Hypochonder verheiratet, um zu wissen, wie ein epileptischer Anfall oder eine Harninkontinenz aussehen. Einen Schlaganfall zu imitieren, war ein Kinderspiel. Apropos, als Kind habe ich sogar eine Kinderlähmung vorgetäuscht!"

Tante Katharina brannte vor Neugier. „Ja um Gottes willen, warum tun Sie das?"

Frau Berger setzte sich an die Bettkante. „Was glauben Sie, wie mühsam es ist, als alternder Mensch mit der eigenen Tochter unter einem Dach leben zu müssen. Irene sagt zwar allen, ich würde bei ihr leben, aber es ist genau umgekehrt: Sie lebt bei mir. Dabei wollte ich meine Ruhe haben. Irgendwann ist nämlich Schluss mit dem ganzen „Muttileingeschwafel" und den Muttersorgen. Muttilein hier, Muttilein dort. Ich bin zwar eine Mutter, aber irgendwann wollte ich auch leben, und zwar alleine, glauben Sie mir. Das sah aber meine Tochter Irene anders. Sie blieb als Kind, dann als Studentin, als Ehefrau und nun als Witwe bei mir im Haus. Ich bin sozusagen das ewige *Hotel Mama*. Ich durfte nicht rauchen, nicht trinken, durfte mich nicht amüsieren und musste alles sauber halten. Dabei will ich meine letzten Lebensjahre genießen. Ich will tanzen, eine atemberaubende Reise unternehmen und nicht ständig fragen müssen, ob ich mir etwas Nettes kaufen darf. Man hat mir sogar die Kreditkarte weggenommen. Alternde Kinder sind etwas Schreckliches, und ihr Fortpflanz sowieso."

Meine Tante war aufgestanden, hatte sich an die Seite ihrer neuen Freundin gesetzt und hielt ihr mitfühlend die Hand. „Also wirklich, das ist ja himmelschreiend!"

„Eben! Und deswegen kam ich auf die Idee mit dem Schlaganfall. Auf einen Schlag bist du all deine Sorgen los. Du kommst zuerst ins Krankenhaus, dann auf Reha und dann geht's ab in ein schönes Pflegeheim. Endlich Ruhe!"

Tante Katharina umarmte Frau Berger zärtlich und machte ihrer neuen Freundin spontan ein unverschämt attraktives

Angebot: „Du kannst zu mir kommen! In der Altenresidenz, in der ich wohne, ist ein Zimmer frei geworden. Dort gibt es nettes Personal, einen herrlichen Park und ein Kaffeehaus, in dem man noch rauchen darf."

„Also wirklich, Tante Katharina, du denkst immer nur an das eine!" Ich schüttelte den Kopf.

„Sei froh, dass ich nicht an das andere denke." Sie kniff mich dabei in die andere Seite der Wange. „Ich hasse es nämlich, wenn man im Freien rauchen muss, außerdem holt man sich im Winter den Tod!"

Beide Damen lachten.

„Apropos Tod", meinte meine Tante. „Es wird Zeit für eine Zigarette."

„Gerne, aber nur wenn du mich mit dem Rollstuhl fährst, sonst fliegt mein kleiner Schwindel auf!"

Die beiden Ladys verschwanden lachend und schwätzend wie zwei Mädchen, die sich nach einer langen Trennung viel zu erzählen hatten, in die nächst gelegene Besuchertoilette. Ich blieb im Zimmer zurück, legte mich auf Katharinas Bett und starrte selig an die Decke. Wunderbar, dachte ich, der kürzeste Weg zwischen zwei Menschen ist ein Lächeln – und offensichtlich eine gute Zigarette. Es klopfte an der Tür, hoffentlich nicht wieder die schrecklich aufdringliche Familie, schoss es mir durch den Kopf. Ein rundliches, Akne übersätes Gesicht, das Gesicht eines Trägers, starrte ins Zimmer. Er schob einen OP-Rollstuhl vor sich her.

„Name?"

Spontan rief ich meinen Mädchennamen: „Katharina Hayden, warum?"

Er gab mir keine Antwort, hob mich hoch und schnallte mich an den Rollstuhl. Ich versuchte mich zu wehren und keifte den Träger an, dass es sich bei mir um eine Verwechslung handle. Es würde sich hier um eine Namensgleichheit handeln, auch ein verwandtschaftliches Verhältnis läge in meinem Fall vor, und doch sei ich nicht *die* Katharina Hayden, die er meine.

„Das sagen alle Patienten vor eine Koloskopie!"

Ich erwachte im gleichen Zimmer. Frau Berger und meine Tante Katharina waren längst nicht mehr da. Mein Unterbauch schmerzte unsäglich, was der arrogante Chefarzt, den ich aus der Begegnung im Lift kannte, bei der Visite mit den Worten erklärte, man hätte während der Koloskopie gleich auch den Blinddarm entfernt.

„Was?", schrie ich vor Schmerz auf.

„Keine Sorge!", meinte der Arzt. „So eine Patientin wie Sie habe ich gerne am OP-Tisch liegen. Das ist großartig, wie gut Sie mit Ihren dreiundachtzig Jahren noch beieinander sind. Ich darf Ihnen gratulieren, Sie sind pumperlgesund! Alle Achtung!"

„Und warum dann auch mein Blinddarm?", jammerte ich.

„Das war ein kleines Malheur", lachte er nervös auf. „Ihr Appendix ist mir irgendwie reingerutscht. Wissen Sie, in Anatomie war ich nämlich nie der Beste."

„Ich weiß", sagte ich und ließ mich erschöpft in die Pölster fallen.

Wenigstens habe ich jetzt die erste Koloskopie hinter mich gebracht. Und ehrlich gestanden, war es gar nicht so schlimm.

Tischerlrücken

Mein verstorbener Vater – Gott lass ihn himmlisch ruhen –, quälte mich zeitlebens mit dem für ihn sinnigen, für mich aber absolut blöden Spruch: „Der Herrgott straft die kleinen Sünden sofort!“ Er sagte dies mit größter Freude, wenn seine eitle Tochter mit ihren High Heels über eine Teppichfalte gestürzt war oder sie sich wieder einmal über ein Strafmandat wegen Falschparkens ärgern musste. Die Schadenfreude ist und bleibt eben die schönste Freude, wie folgende Geschichte zeigt:

Meine Großcousine ist ein hinterhältiges Frauenzimmer. Obwohl sie Angela – Engel – heißt, hat sie rein gar nichts Engelhaftes an sich. Angela ist eine gierige, selbstsüchtige Person. Sie lebt in höchst bürgerlichen Kreisen, ist wohl erzogen und betont gut gekleidet. Aber trotz Chanel-Kostümchen und Hermès-Seidentüchern kann sie ihre primitiven Triebe nur schwer verbergen.

Bei ihren eher seltenen Besuchen bei einer kränkelnden Tante überschüttete sie diese mit Komplimenten über ihre großzügige Wiener Wohnung. Die Lage in der Innenstadt sei ein Geschenk des Himmels, sie müsse sich nie mit übelriechenden Menschen in Bus oder U-Bahn ärgern, alles sei zu Fuß zu erreichen, die Pediküre in der Naglergasse und der Meindl am Graben um die Ecke, einfach fantastisch. Und dann erst diese eleganten Möbel! Sie bewundere die Bücher in der riesigen Bibliothek, vor allem Tantchens literarische Intelligenz. Auch der alte Humidor und die antiken chinesischen Vasen seien Zeugnisse ihres guten Geschmacks, schmeichelte sie wie eine Katze um die Beine der kranken Lady.

Besonders ein kleines niedliches Tischchen hatte auf sie eine magische Anziehung. Sie musste diese Rarität unbedingt besitzen. Die Tante, eine Kosmopolitin in meiner geistig eher beschränkten Familie, hatte den kleinen italienischen Holztisch von einer ihrer vielen Reisen mitgebracht. Sie hatte ihn um einen stolzen Preis in einem florentinischen Antiquariat erstanden und ihn teuer restaurieren lassen. Er diente ihr fortan als Unterlage für ihre ausschweifenden Bridgerunden und im späteren Alter auch als Mobiliar für das in katholischen Kreisen besonders beliebte Tischerlrücken. Ganze Heerscharen an Verstorbenen und Geisterwesen wurden an lauschigen Sonntagen zum Nachmittagstee an den Tisch gerufen. Die verstorbenen Ehemänner und Liebhaber wurden dabei angebetet und beschworen, ob sie wollten oder nicht. Wahrheiten wurden ins rechte Licht gerückt und Ungewissheiten in der Zukunft sichtbar gemacht. Ihre Gäste amüsierten sich dabei in gruseliger, aber höchst angenehmer Weise.

Je älter nun die Tante wurde, desto aufdringlicher und unverschämter forderte Angela die gutmütige Dame auf, ihr diesen Tisch einmal zu vererben. Irgendwann einmal, in hundert Jahren, wie sie ihr wünschte. Keine Familienzusammenkunft ließ sie verstreichen, um nicht doch zum Schluss der Feier ihren Wunsch auch formal vor allen Anwesenden zu deponieren.

Nicht, dass mich der Tisch in irgendeiner Form interessierte, aber allein die Tatsache, dass Angela dermaßen frech und unverhohlen ihre gierigen Wünsche artikulierte, störte mich maßlos.

Als sie wieder einmal einen Krankenbesuch machte, reichte es mir. Während sie gerade dabei war, die Tante zu umgarnen, betete ich zu Gott, er möge mir ein kleines Wunder in Form eines Missgeschickes senden. „Wenn es dich wirklich gibt, dann sende mir ein Zeichen! Du kannst bei so viel Gier doch nicht einfach wegschauen, oder?“ Gott rührte aber keinen Finger und ließ wie immer den Dingen ihren Lauf.

Angela saß am Fußende der kränkelnden Dame, redete über dies und das und machte sie bei der Verabschiedung eindringlich darauf aufmerksam sie, ihre geliebte Nichte, beim Testament nicht zu vergessen. Sie bräuchte ja eigentlich nichts, weil sie ohnehin alles hätte, nur dieses kleine Mobiliar würde ihre Erinnerungen an sie auch in Zukunft hochhalten.

„Schau, liebes Tantchen, eigentlich hat der kleine Tisch gar keinen großen finanziellen Wert. Gut, vielleicht die gedrechselten Beinchen, die sind sicher antik. Die gehörten hundert Prozent zu einem anderen Tisch. Die Tischplatte weist zwar Intarsienarbeiten auf, die sind aber mit einer an Sicherheit grenzenden Wahrscheinlichkeit gefälscht. Eine gute Arbeit, aber leider nichts wert. Das hat mir ein Sachverständiger aus dem Dorotheum erklärt."

„Du warst damit im Auktionshaus?", fragte die Tante verunsichert nach.

„Natürlich, meine liebes Tantchen. Ich habe mit dem Handy ein paar Fotos gemacht. Nichts liegt mir ferner, als irgendjemanden aus der Familie zu übervorteilen. Ich möchte mir nämlich nicht nach deinem Tod den Vorwurf gefallen lassen, ich hätte mir deinen Tisch unter den Nagel gerissen. Du weißt ja, wie die anderen sind! Im Grunde will ich ja mit allen in Frieden leben!"

„Ach, das ist aber schön von dir!", hörte ich die Tante reden.

Ich stand in der Küche und verfluchte Angela und Gott, der einfach nichts gegen dieses gierige Frauenzimmer unternahm, ich konnte sie ja schwer vor den Augen der Greisin erwürgen.

„Die Tischplatte bräuchte ich ja gar nicht. Nur diese wunderbaren hölzernen Füßchen, sie erinnern mich irgendwie an dich. So edel, schlank und zeitlos schön. Wenn du einmal gestorben bist, wird dieser Tisch eine schöne Erinnerung an dich sein. Und du willst doch sicherlich noch lange bei uns sein, oder? Mit diesem Mobiliar bist du sozusagen unsterblich für mich. Du stehst dann neben unserem Klavier in unserer Wohnung und bist dadurch präsent. Eine herrliche Vorstellung. Auf dir liegen dann Brahms' und Mozarts Noten, nach denen wir spielen und an dich denken!"

Die Tante war geschmeichelt und versprach ihr den kleinen Tisch. Ich kochte innerlich vor Wut, weil ich wusste, dass diese antiquarische Rarität sicher über zehntausend Euro wert war und es Angela nur darauf abgesehen hatte.

Die Greisin verstarb friedlich und vermachte ihr Vermögen – an den Tiergarten Schönbrunn und an ein Frauenhilfswerk in Afrika. Uns hinterließ sie zumindest eine friedliche Beerdigung, weil nichts zum Erben vorhanden war. Ich kümmerte mich, wie ich es ihr versprochen hatte, um ihre wunderbaren Pflanzen und hatte daher den Schlüssel zu ihrer Wohnung.

Am Tag der Begräbnisfeierlichkeiten kam auch schon schmierig wie ein Aal Angela herangekrochen und bat mich um Zutritt zur Wohnung der Verstorbenen. Sie wollte sich das Tischlein holen, das ihr die Tante versprochen hatte.

„Findest du es nicht pietätlos, mich bereits am Friedhof danach zu fragen?", ärgerte ich mich über Angelas Avancen.

„Nein", gab sie frech von sich, „ich pfeif' auf Pietät! Ich will nur diesen Tisch, sonst nichts!"

„Ist dir denn der Tisch wirklich so wichtig?", fragte ich nach.

„Ja, du dumme Nuss, der ist ein echter *Balldoni*, Anfang 16. Jahrhundert, ein einzigartiges Stück der Spätrenaissance! Mindestens fünfzigtausend Euro wert! Also, her mit dem Schlüssel!"

Und da ich ein ehrlicher Mensch bin, ging ich mit ihr in die Wohnung. Sie stieß mich bereits bei der Eingangstüre zur Seite und stürmte in das Wohnzimmer. Auf dem Boden standen – fast wie zu Weihnachten – Pakete herum, die die Tante mit den Namen ihrer Liebsten versehen hatte. Einige Kartons mit Büchern für mich, Wäsche und Pelzmäntel für meine Mutter, Schwestern und Cousinen und eine große Schachtel für Angela. Sie stürzte sich darauf und umarmte sie. „Tantchen, du bist die Beste!", schrie sie und riss sofort die Schachtel auf.

„Du bist ein gieriges Luder!", meinte ich trocken. „So ein Tamtam zu machen, wegen eines kleinen Tisches. Und überhaupt, du spielst ja gar nicht Klavier, also erzähl mir bitte nichts von Mozart und von schönen Erinnerungen!"

„Du hast recht, ich habe auch kein Klavier! Ich verkauf den Tisch. Ihr Kulturbanausen wisst ja gar nicht, wie wertvoll dieses Stück ist! Und nun gehört er mir!", frohlockte sie.

Gierig fuhr sie fort, den Karton aufzureißen, und fand zu ihrem Schrecken nur vier abgeschnittene Füße und einen Briefumschlag. Völlig entsetzt öffnete sie den Brief und las: „Liebe Angela! Anbei schenke ich dir die gedrechselten Füße des kleinen Tisches, die du dir sosehr gewünscht hast. Offensichtlich bin ich bei meinen Reisen einem italienischen Betrüger aufgesessen, der mir versichert hatte, dass die Tischplatte ein Vermögen wert ist. Nun ist dem nicht so, wie du mir aus sachkundigen Kreisen versichert hast. Deswegen habe ich die Tischplatte einem arbeitslosen Studenten aus dem Irak geschenkt, der kann ihn als Arbeitsbrett verwenden. Er hat mir freundlicherweise die Blumen gegossen und ging mir einkaufen, als ich nicht mehr konnte. Die Füßchen habe ich dir abgeschnitten, sie befinden sich in der Schachtel. Du kannst sie sicher anderwärtig verwenden. Zum Tischerlrücken brauche ich den Tisch nicht mehr, freue mich aber, dass dieses alte Stück nun dir und einem Flüchtling Freude machen wird. Leb wohl, meine Liebe!"

Kreidebleich stand Angela vor mir.

„Brauchst du jetzt einen Schnaps?", fragte ich sie lächelnd und konnte meine Schadenfreude kaum unterdrücken.

„Leck mich doch am Arsch!" Vorbei war es mit ihrer gutbürgerlichen Contenance, dann rannte sie fluchend aus der Wohnung. Die gedrechselten Tischbeine habe ich mitgenommen. Sie dienen mir nun, mit einer Glasplatte versehen, als Tischchen für meine Klaviernoten. Ich habe nämlich wirklich ein Klavier und ich denke jeden Tag an meine liebe Tante.

Wohin die Renaissancetischplatte gekommen ist, entzieht sich meiner Kenntnis, ich weiß nur, dass der arme arbeitslose Student aus dem Irak nun Arzt geworden ist und mit seiner Familie in einer großen Villa am Rande von Paris lebt.

Schadenfreude ist wirklich eine echte Freude. Denn wie sagte mein Vater – Gott lass ihn himmlisch ruhen – immer? „Der Herrgott straft die kleinen Sünden sofort!"

Die Liebe ist ein himmlischer Rausch, die Ehe ein Kater und die Scheidung dann das erlösende Aspirin, meinte bereits Hugo Wiener, als er über die Liebe und deren Folgen sinnierte. Es gibt unterschiedliche Möglichkeiten, dem Partner seine Liebe zu zeigen – bis ins hohe Alter. Am wichtigsten ist in diesem Zusammenhang: Gesunde Bandscheiben und eine große Portion Humor, beides hält jung und frisch!

Altern ist nichts für Feiglinge

Etymologisch betrachtet, bedeutet das Wort *Honeymoon Honigmond*. Es steht für den süßesten Monat nach der Hochzeit, eine Zeit für intensive Zärtlichkeit und liebevolle Zweisamkeit. Am Beginn wird in so gut wie jeder Beziehung vieles durch die rosarote Brille gesehen, die angenehmen und die unangenehmen Eigenschaften seines Romeos oder seiner Julia.

Das eigentlich Tragische am Leben ist die Tatsache des langsamen Verfalls, dies gilt für den eigenen Geist und Körper genauso wie auch für die Liebe und die Beziehung. Jeder kämpft, so gut er kann, gegen dieses schleichende Sterben an. Es ist trotz aller Mühen nicht zu verhindern, dass – folgende Metapher finde ich in diesem Zusammenhang passend – der vormals pralle rote Apfel sukzessive zu einer „g'feuden", sprich verfaulten Mostbirne wird.

Die jugendlich-verrückte Irrationalität wird ständig von der beruflichen, gesellschaftlichen, finanziellen, sozialen, familiären, kurzum einer notwendigen, aber liebestötenden Funktionalität aufgefressen.

Nicht die Erotik knistert dann allabendlich auf der Couch, sondern nur mehr das geöffnete Chips- oder Erdnusslockensackerl, wenn man erschöpft vor dem Fernsehgerät liegt. Unaufhaltsam und leise blättert die Liebe Jahr für Jahr ab wie die bunte Farbe an der Badezimmerwand. Spätestens dann ist es Zeit für einen neuen Anstrich, auch wenn es die Bandscheiben nur noch eingeschränkt zulassen – aber glauben Sie mir, es geht!

Egal ob mit oder ohne rosarote Brille, ich wusste, wen ich vor dreißig Jahren geheiratet hatte, einen humorvollen, geistreichen, unbeschwerten und zu jedem Schabernack aufgelegten Mann. Das Problem war nur, Odysseus und ich, wir konnten unsere Träume und Verrücktheiten nicht mehr ausleben. Oftmals schliefen die Kinder bei uns im Ehebett – hie und da auch die Hunde, zwei entzückende Labradormädchen -, oder die Kleinen waren krank. Dann mussten wieder irgendwelche unglücklichen Babysitter oder Nachhilfelehrer getröstet werden, weil unsere Söhne durchwegs pädagogische und intellektuelle Herausforderungen waren. Mit den Jahren kamen zu dem chaotischen Familienidyll noch, durch Scheidung obdachlos gewordene Freunde, arbeitslose Studenten und die kränkelnde Großmutter dazu. Wir gelobten uns in diesen tristen Momenten nicht nur ewige Liebe und Treue, sondern, dass wir all die verrückten Dinge nachholen würden, wenn nur endlich die Kinder größer seien.

Lange hat es gedauert. Fast dreißig Jahre warteten wir geduldig auf diesen Moment – und er kam.

Vergangenes Jahr beschlossen wir, für ein Wochenende die Großfamilie, also unsere vier Kinder, Hunde, Katzen, Hühner, Enten und unser *Vergissmeinnicht*, die liebe Großmutter zu verlassen, um endlich wieder einen Hauch von Flitterwochen in unser Alltagsleben zu bringen. Wie ein Lauffeuer hatte sich unser Plan in der Familie herumgesprochen, und so zog ein Teil der Verwandtschaft – Gott, der Herr, hat mich mit drei Schwestern mit vielen Kindern „gesegnet" – in unser Haus. Immerhin musste die betagte Großmutter pflegerisch auf höchstem Niveau versorgt werden. Der Reisetermin war schnell fixiert und die Koffer gepackt. Wir wollten der Karawane spätpubertierender, hormonenthemmter und der, im Dauerklimakterium befindlichen weiblichen Verwandten entgehen. Cousine Erni sollte sich um die vergessliche Großmutter kümmern, und Onkel Hermann war für Haus und Hof zuständig.

Uns war sonnenklar. Für die 24 Stunden Zweisamkeit mussten wir einen hohen Preis zahlen: eine devastierte Küche, eine leergefressene Speisekammer und Vorwürfe über meine „ach so schrecklichen Söhne", die ich mir bis Weihnachten und weit darüber hinaus anhören würde müssen. Egal, wir fuhren in unser Glück.

Und weil die Seele, zumindest meine, nach ein wenig Behaglichkeit und Luxus lechzte, reisten wir in das nächstgelegene Vier-Sterne-Resort – und das ohne vorherige Buchung. Wozu buchen? Ich wollte wieder ein Gefühl von unbeschwerter Freiheit genießen, wie damals, als wir achtzehn Jahre alt waren. Außerdem verbrachten die meisten Paare ihre spärliche Zeit in Luxusresorts auf den Malediven, in Gran Canaria oder auf irgendwelchen Kreuzfahrten und nicht in einem kleinen Hotel neben einer Wallfahrerkirche. Die zweifelnde Frage meines geliebten Ehemannes nach einem Zimmer wischte ich mit den Worten vom Tisch: „Schatzilein, mach dir keine Sorgen, es ist November, Nebel, ein trübes und nasses Wetter, kein Schwein wird dort sein!" Außerdem, so dachte ich, Liebenden würde alles offenstehen, und wenn nicht, hatten wir beide ja noch den Himmel! Danach küsste ich ihn innig, unser Honeymoon begann.

Als wir voller Vorfreude und sinnlicher Erwartung das Hotel betraten, gab uns der Portier mitfühlend zu verstehen, dass offensichtlich sechzig andere Paare genau den gleichen Traum von Zweisamkeit und Liebe gehabt hatten wie wir. Das Hotel war völlig überbucht. Wie in solchen ausweglosen Situationen üblich, täuschte ich noch in der Hotellobby einen Nervenzusammenbruch vor. Ich knickte vor dem staunenden Portier zusammen und heulte dicke Krokodilstränen in die Arme des eilig herbeigerufenen Besitzers, der immer wieder versicherte, er sei untröstlich, er könne einfach nichts für mich tun. Ausgebucht sei eben ausgebucht. Aber so schnell gab ich nicht auf, immerhin bin ich Mutter von vier Kindern. Noch in seinen

Armen liegend, spielte ich meinen größten Trumpf aus. Ich erzählte ihm einiges aus meinem Leben als Mutter und Frau und projizierte einen kleinen Teil meines aufopfernden Daseins vor seine inneren Augen. Nach ein paar Minuten war ich fertig.

„Oh, wie schrecklich!", tröstete er mich nach meinen Ausführungen, „Ist es wirklich so furchtbar?"

„Noch viel schlimmer!", bejahte ich schluchzend seine Frage und heulte wieder rücksichtslos in seine Arme.

Und Wunder geschehen, sogar neben einer Wallfahrtskirche. „Ferdinand, dann disponieren wir eben um!", befahl der Hotelier tief betroffen seinem Angestellten: „Meine Frau und ich übernachten heute im Mansardenzimmer, Familie Berger legen wir in die Blumensuite, die Emmerichs tauschen mit den Büchners Zimmer vier und sieben, dann können wir die frisch vermählten Grubers in die Wellnesssuite legen und unsere liebe Frau Grabner mit ihrem Mann bekommt die Honeymoonsuite! Respekt gnädige Frau, die haben Sie sich hundertmal verdient!"

Noch in den fremden Männerarmen liegend, zwinkerte ich meinem Mann zu: „Siehst du? Geht doch!"

Beim Aufstehen küsste er mir beide Handflächen und beteuerte einige Male, welche Ehre ihm zuteilwürde, dass ich, ein Engel, ja eine Heilige, fast schon die Mutter Gottes höchstpersönlich, bei ihm, einem Sünder Einkehr hielte. Jetzt bekam ich ein richtiggehend schlechtes Gewissen, dieser Mann hatte es ehrlich gemeint und wurde von mir Scheusal in derart schamloser Weise belogen!

Als ich mit meinem Mann die Honeymoonsuite betrat, war mein schlechtes Gewissen wie weggeblasen. Ein weißes riesiges Doppelbett dominierte den Raum, zur linken Seite mit Blick auf das barocke Stift Melk, an der rechten Seite ein Badezimmer aus Glas, inklusive Badewanne für mindestens vier (?!) Personen – oder war diese Suite am Ende für Swinger gedacht? – mit Halterung für Sektkübel und Gläser.

In vier Sekunden, nein in drei, war ich ausgezogen und lockte meinen Mann mit einer Flasche Sekt ins heiße Bad.

„Du ausg'schamtes Frauenzimmer", lachte dieser, „bisher war ja ich der bessere Schwindler, wenn ich bei unseren Kurzurlauben angab, wir zwei würden einen runden Hochzeitstag feiern. Da standen dann stets frische Früchte, Süßigkeiten und eine Flasche Sekt gratis am Tisch."

„Du warst eben immer der Raffiniertere von uns beiden!" Ich schickte ihm ein Kussmündchen zu. „Aber ich bin noch genialer!"

„Was hast du denn dem Hotelier ins Ohr geflüstert, dass er dir dieses herrliche Zimmer gegeben hat?"

Ich räusperte mich kurz und flüsterte: „Na ja, ich habe ihm gesagt, du stündest kurz vor einer schweren Prostataoperation und wolltest die letzten Stunden mit mir alleine sein! So etwas zieht bei Männern, vor allem in deinem Alter! Großartig nicht?"

Die Stunden verrannen so schnell wie der Sektperlen in unseren Kehlen.

Es war bereits weit nach Mitternacht, als wir nach einem üppigen Abendessen durch die stillen Korridore zu unserer Hochzeitssuite wankten. Mein Geliebter versuchte mich über die Schwelle zu tragen, scheiterte aber daran, was sicher nicht an meinem Gewicht, sondern an seiner Ungeübtheit lag. Er hatte mich schon lange nicht mehr auf Händen getragen. Odysseus warf mich schließlich wie einen Erdäpfelsack über seine Schultern und danach ins große weiße Honeymoonbett, in dem ich lachend versank. Doch das Lachen blieb mir im Hals stecken, als auch mein geliebter Mann ins Bett hüpfte. Was eine sogenannte Kaltschaummatratze mit zwei alten und übergewichtigen Menschen machen kann, erfuhren wir am eigenen Leib. Wir versanken in der herrlich weißen Pracht und – fanden einander nicht wieder.

„Wo bist du, Hase?", keuchte mein Mann irgendwo aus der Matratze. „Ich weiß es nicht, vielleicht liege ich unter dir?"

„Das würde ich doch merken!", äffte mein Mann ein Stöhnen nach. Er hatte größte Anstrengung, seinen Körper in dem wankenden Untergrund zu halten.

„Warte, ich drehe mich jetzt nach rechts und hebe die Hand. Siehst du mich?"

„Ja, aber nur die Hand!", brüllte er aus den weißen Kaltschaumwogen.

Ich fuchtelte mit meinen Fingern in der Luft umher: „Schnell, zieh daran! Ich komme aus der Grube nicht mehr hoch!"

Er zog und zog und zog. Nach einigen qualvollen Minuten lagen wir schweißgebadet nebeneinander und starrten zur Decke.

„Willst du es nochmals probieren? Aber dieses Mal umkehrt, ich krieg da unten nämlich Platzangst!", meinte ich zitternd.

Mein Mann rollte sich in die Mitte des Bettes, doch bevor ich noch mit meinen Zärtlichkeiten beginnen konnte, schrie er bereits hysterisch um Hilfe, da er im weißen Kaltschaummoor zu versinken drohte.

Wir probierten es parallel liegend, diagonal liegend, am Kopf und am Fußende liegend. Unmöglich, wenn wir uns näher kamen, rollten wir wieder in eine Grube, aus der wir kaum wieder herauskamen. Offensichtlich waren unsere Körper nicht „Kaltschaum" – tauglich. Diese Matratzenart eignete sich wohl ausschließlich für Paare, die frisch verheiratet waren und nicht das Gewicht eines dreißigjährigen Ehelebens mit sich schleppen mussten.

Wir versuchten es anders. Vielleicht gelang es uns ja, wie bei einer Waage ins Gleichgewicht zu kommen. Ich legte mich auf die linke Seite des Bettes, und mein listiger Odysseus stapelte Bücher, verschiedene Vasen, den Beistelltisch und den Fernsehapparat auf die rechte. Vorsichtig kletterte er auf meine Seite und kroch unter mein Laken.

„Was ist jetzt?", fragte ich meinen Geliebten nach ein paar endlos dauernden Minuten.

„Was meinst du mit *jetzt*?"

„Jetzt stell dich doch nicht so an, Sex natürlich!", ärgerte ich mich.

„Das ist ja mein Problem! Ich trau' mich nicht, zu bewegen, sonst fällt alles um! Fang du an!", bat er mich inständig.
„Du Feigling!"
Im gleichen Moment kippte die kompliziert aufgebaute Konstruktion um, und die Ecke des Beistelltisches rammte sich in mein rechtes Auge. Ich schrie vor Schmerz auf, machte dabei eine spontane Bewegung, und das Fernsehgerät fiel zu Boden, mit ihm die Bücher, die Vasen und die Lampen. Stöhnend hatten wir bis um vier Uhr in der Früh das Zimmer wieder einigermaßen bewohnbar gemacht und schliefen schließlich erschöpft ein. Ohne Sex. Mein Mann kauerte wie ein Hund auf dem Boden, und ich lag mit einigen Decken in der Badewanne.
„Sonnenbrillen in der Früh, Gnädigste? Gratuliere!", jubelte der Hotelier beim Frühstück und klopfte meinem Mann dabei auf die Schulter. „Dann schläft es sich offensichtlich gut in der Honeymoonsuite, ihr Turteltäubchen?"
Ich nickte wortlos und rückte mir die dunklen Sonnenbrillen zurecht. Hoffentlich war mein blaues Auge nicht zu sehen.
„Wunderbar!", log Odysseus, dehnte sich und versuchte, sich seine Bandscheibe möglichst schmerzfrei wieder einzurenken.
„Beneidenswert, dass man sich seine Leidenschaft für Erotik bis ins hohe Alter bewahren kann", flüsterte der Hotelier amikal und schenkte meinem Mann eine Tasse Tee ein. „Ich kenne ja viele ältere Pärchen. Was glauben Sie, was wir da alles in und unter den Betten finden! Zum Teil sehr beschämend! Wie lange sind Sie schon verheiratet? Dreißig Jahre? Ich beneide Sie! Bei mir und meiner Frau ist es schon ein wenig langweilig, dabei sind wir erst seit zehn Jahren verheiratet. Könnten Sie mir Ihr Geheimnis verraten?" Aufgeregt hatte er seinen Oberkörper in Richtung meines Mannes vorgebeugt.
Odysseus schaute ihm tief in die Augen und verneinte. „Sorry, ein Gentleman genießt und schweigt!"
Dann humpelten wir schweigend zum Auto und fuhren unverrichteter Dinge nach Hause. Seit diesem Wochenende weiß ich: Altern ist nichts für Feiglinge!

Vorstadtwitwen unter sich

Herr Kommerzialrat Franz Wöhrer war in einem schwierigen Alter. Zeitlebens hatte er sich nicht wirklich um seine Gesundheit bemüht und nun, fast siebzigjährig, die schwere Last des Gesundbleibens – wie er es im Leben immer getan hatte – einfach seiner Frau Johanna, kurz Hanni, überlassen. So aufopfernd sich Frau Wöhrer um Haushalt, Garten, seine Hemden und um die zwei Malteserhündchen kümmerte, so liebevoll und gewissenhaft sorgte sie sich nun um die Gesundheit ihres Gatten. Das tat sie mit größter Fürsorge, auch wenn ihr der schwächelnde Ehemann schrecklich auf die Nerven ging. Die gute Frau hatte sonst keine anderen Hobbys, nur ihre ehelichen Pflichten und die Hunde, also pflegte sie ihn. Was hätte sie sonst tun sollen? Sie kannte es schließlich nicht anders.

Frau Wöhrers Tag folgte stets dem gleichen langweiligen Rhythmus. In der Früh gab es zu einem Glas Orangensaft und einer guten Tasse Tee, Müsli mit frischen Früchten und danach die notwendigen Medikamente. Zuerst bekam der Kommerzialrat einen Magenschoner, dann etwas zur Entwässerung, anschließend Basenpulver für Darm und Stuhl, gefolgt von Nierenpräparaten und Herzmedikamenten. Daneben verabreichte sie ihm in einer kleinen, dafür vorgesehenen Schachtel morgens, mittags und abends Tabletten gegen seine galoppierende Arthrose und präventiv gleich Schmerzmittel dazu. Vitamin C zur Stärkung des Immunsystems, selbstverständlich in heilendem Granderwasser aufgelöst, und homöopathische Globuli zum Ausgleich von Stimmungsschwankungen waren das Tüpfelchen auf dem sprichwörtlichen I. I wie: „*Du inkontinenter Idipferlreiter!*“, fuhr es ihr bei der Pflege oftmals durch den Kopf, denn der Kommerzialrat konnte ganz schön mit seinen Wehwehchen nerven. *Der eingebildete Kranke* von Molière war ein Klacks im Vergleich zu dem exaltierten Verhalten des Pensionisten, der eigentlich pumperlgesund war.

Frau Wöhrer hatte sich ganz ihrem Schicksal ergeben, ein kranker Mann war, zumindest finanziell gesehen, besser als ein toter Mann. Und seine Pension war beachtlich. So funktionierte sie, verlässlich wie eine Beatmungsmaschine. Aufgrund ihres fortgeschrittenen Alters wusste die gute Frau, ihren Mann musste sie nicht verlassen, sie brauchte ihn einfach nur zu überleben. Dann würde für sie ein neues Leben beginnen, mit ihrer besten Freundin Hilde und den zwei Malteser-Hündchen. Davon träumte sie beim Bügeln und beim Kochen.

Nach einer der vielen durchwachten Nächte am Bett ihres hypochondrischen Ehemannes war die Arme dann schließlich doch mit den Nerven am Ende. So sandte sie eine SMS an Hilde: „Glaube mir Hilde, ich liebe meinen Mann, aber irgendwann bring ich ihn um!“ – Und dann wurde es wirklich einmal ernst …

Die Türe öffnete sich vorsichtig und ein kleines zierliches Damengesicht in Nerzmütze starrte unsicher um die Ecke.

„Meine Güte, Hilde! Ist das aber lieb, dass du uns besuchst!“ Frau Wöhrer sprang vom unbequemen Krankenhaussessel auf und begrüßte ihre Freundin mit einer innigen Umarmung. Dicke Tränen rannen beiden über die Wangen.

„Hannilein, was machst du denn für Sachen?“, meinte Hilde mitfühlend und setzte sich an die gegenüberliegende Seite des Spitalbettes, nachdem sie zuvor Mantel und Schal auf die Ablage gelegt hatte. Ihre Nerzmütze behielt sie vorsichtshalber auf dem Kopf. Sie hätte, so flüsterte sie ihrer Freundin zu, des Öfteren böse Erfahrungen mit dem ausländischen Krankenhauspersonal gemacht und schaute dabei Nan, einer thailändischen Krankenschwester, verächtlich nach. Schwester Nan schüttelte ärgerlich den Kopf und verließ das Krankenzimmer.

Der Kommerzialrat lag aufgebahrt zwischen den beiden Damen, seine Augenlider waren geschlossen. Kurz schwiegen die beiden Frauen und betrachteten den Mann, der ruhig und still vor ihnen lag. Hilde schüttelte ungläubig den Kopf, nahm die Hand ihrer Freundin, zog sie über die Bettdecke und tröstete sie mitfühlend: „Schau Hannilein, alles geht einmal vorbei, auch das längste Leben! Dich trifft dabei keine Schuld, du hast dich für ihn geradezu aufgeopfert!"

„Ich weiß, meine Liebe!", schluchzte Frau Wöhrer.

Nach einigen Minuten fing Hilde wieder ein Gespräch an, die Stille erdrückte sie: „Aber schön ist er schon, dein Mann! Und so friedlich! Ich möchte bei meinem End' auch einmal so rosig ausschauen wie er! Fast gesund, als würde er gleich die Augen aufmachen und aufstehen!"

Frau Wöhrer schluchzte noch lauter.

„Und, wie soll es jetzt weitergehen?", fragte Hilde besorgt nach.

„Ach Hilde, ich weiß es nicht!"

„Schau Hannilein!", Hilde öffnete ihre Handtasche und zog eine kleine Proseccoflöte heraus. „Das wird dir helfen!"

Sie befüllte eine Teetasse für sich und den Plastikschnabelbecher von Herrn Wöhrer für ihre Freundin mit dem sprudelnden Getränk. Dann pustete sie in ihr Taschentuch, trank einen Schluck und fing zu reden an: „Hannilein, meiner Meinung nach kommst du garantiert einmal in den Himmel, wenn du stirbst. Deine hingebungsvolle Pflege und deine Selbstaufgabe werden sicher einmal vom lieben Gott belohnt werden, und das schon zu Lebzeiten in Form einer schönen hohen Witwenpension! Bei deinem Mann bin ich mir allerdings nicht so sicher. Solche Hypochonder wie er kommen ins Fegefeuer. Du musst das positiv sehen, er hat dich doch die letzten Jahre über ohnehin nur genervt. Endlich kannst du aufatmen und auf dich schauen! Wenn das alles vorbei ist, dann fahren wir beide mit unseren Hunden weg und urlauben einmal so richtig. Gott, wird das schön werden, ohne Männer, ohne Leibstühle und ohne das ständige Geraunze und Gejammer. Zuerst müssen aber die Formalitäten erledigt werden. Pass auf, ich werde dir natürlich helfen. Ist ja gar nicht so lange her, dass mein seliger Fritz gestorben ist. Ich kenne da einen wirklich netten und seriösen Bestatter, der organisiert alles für dich. Bedenke, du hast auch gesellschaftliche Verpflichtungen, immerhin war dein Mann Kommerzialrat. Da brauchst du zumindest ein Begräbnis erster Klasse mit Pfarrer und Traueransprachen, dann die vielen Gäste, der Leichenschmaus und die Blumen. Alles sehr aufwendig, ich weiß, wovon ich rede! Aber vertraue mir, bei dem Bestatter bist du in guten Händen, du brauchst dich um nichts zu kümmern! Danach fahren wir miteinander nach Thailand. Dort wolltest du doch schon immer hin, oder?"

Frau Wöhrer betrachtete ihre Freundin verstört: „Wie kommst du auf Bestatter?"

„Ich weiß, dass es dich schmerzt, aber irgendwann müssen wir darüber reden!"

„Aber doch nicht hier und jetzt!", erhob Frau Wöhrer ihre Stimme und richtete sich anschließend die Haare zurecht.

„Warum denn nicht?"

Frau Wöhrer zog die Hand aus der Umklammerung ihrer Freundin und setzte sich wieder aufrecht in ihren Sessel: „Weil er ja noch lebt! Er schläft nur tief wegen der Anästhesie."

Hilde erbleichte und rang nach Fassung, danach flüsterte sie: „Was? Er lebt noch? Warum hast du denn das nicht gleich gesagt? Mein Gott, das ist mir jetzt aber peinlich! Ich hoffe, du verzeihst mir den kleinen Lapsus! Warum seid ihr dann im Krankenhaus?"

„Weil er sagt, dass er stirbt!" Frau Wöhrer fing wieder an zu weinen.

„Also, jetzt kenn' ich mich, ehrlich gesagt, nicht mehr aus", meinte Hilde, während sie aus der Tasse trank.

Vorsichtig streichelte Frau Wöhrer über den aufgedunsenen Bauch ihres Mannes: „Ich verstehe das alles ja selbst nicht! Vor zwei Wochen kam er kreidebleich aus der Toilette, setzte sich zu mir an den Frühstückstisch und meinte weinerlich: „Hanni, jetzt bist du mich bald los, ich muss sterben!"

„So ein Blödsinn!", hab' ich ihm betroffen geantwortet, „Wie kommst du denn darauf?", und mir heimlich gedacht:

Na ja, Zeit wird's! „Er meinte, es sei vorbei mit ihm, er defäkiere in liturgischen Farben."

Ein großes Fragezeichen war in den Augen von Hilde zu erkennen: „Er tat was?"

Frau Wöhrer ärgerte sich: „Soll ich's dir übersetzten?"

„Ja! Rede doch nicht immer so geschwollen daher! Nur weil du die Matura hast und ich nicht!"

„Gut, er kackt violett, wenn du es genau wissen willst! Und das seit zwei Wochen!"

Hilde lachte laut auf, offensichtlich hatte der Kommerzialrat roten Rübensalat gegessen, was den Stuhlgang in ein farbenfrohes Rot verwandelt hatte. Dies war oft bei ihrem Mann der Fall gewesen.

Frau Wöhrer verneinte.

Vielleicht waren es Hämorriden? Gegen dieses höchst unangenehme Leiden hatte Hilde jahrelang bei ihrem eigenen Mann angekämpft.

Das erste Mal schmunzelte Frau Wöhrer: „Hast du gegen die Hämorriden oder gegen deinen Mann gekämpft?"

„Gegen beide!"

Die Freundinnen prosteten einander zu, nippten an ihren Gläsern und lachten.

Vielleicht ein neues Medikament? Hilde hatte sich aufgrund der langen Pflege ihres Gatten ein umfassendes medizinisches Wissen angereichert, mit dem sie jeden Internisten in den Wahnsinn trieb. Sie kannte den *Pschyrembel* – *das* medizinische Wörterbuch schlechthin – in- und auswendig und hatte für jedes Wehwehchen sofort eine Diagnose und das dazu passende Präparat.

„Um Gottes willen, Hannilein! Hast du deinen Hypochonder am End' vielleicht gar vergiftet? Denk an deine SMS, die du mir neulich geschrieben hast: ‚Irgendwann bring ich ihn um!'"

„Aber nein! Ich habe ihn nicht vergiftet!"

Eine kurze Zeit herrschte Stille in Raum, dann fragte die Freundin interessiert weiter: „Wie war die letzte Medikation bei deinem Mann?"

Aufgeregt rutschte Frau Wöhrer auf ihrem Stuhl: „Normal eben, wie immer!"

„Vielleicht hast du dich geirrt? In der letzten Zeit ist mir deine Vergesslichkeit schon ein wenig aufgefallen!"

„Ach, hör doch auf, Hilde! Das habe ich dem Oberarzt auch schon gesagt. In der Früh hab' ich ihm wie immer ein Lassix für die Entwässerung gegeben, zu Mittag einen Blutverdünner und eine Tablette gegen den hohen Blutdruck. Nachmittags musste er ein Diximerk schlucken."

„Digimerck heißt das, Hannilein! Ein Herzmedikament, kenn' ich. Weiter!"

„Und am Abend schluckt er dann immer ein Rypopol", zählte Frau Wöhrer weiter auf.

„Ein was?"

„Ein Rypopol."

„Kenn' ich nicht, muss neu auf dem Markt sein!"

„Ein Medikament zum Schlafen."

„Ach, du meinst Rohypnol! Um Christi Namen, Hannilein! So wie du dich mit Medikamenten auskennst, muss dein Mann ja violett stuhlen! Du hast ja keine Ahnung von Medizin!"

„Aber nein, Hilde! An den Medikamenten kann es nicht liegen, sagt zumindest der Arzt. Und alles andere, die homöopathischen Globuli, das Granderwasser und die anderen Heilmittel können ebenfalls keinen violetten Stuhl auslösen. Auch nicht die Smarties."

„Welche Smarties?" Hilde schaute ihre Freundin fassungslos an.

Frau Wöhrer räusperte sich kurz und redete weiter: „Na ja, du kennst ja meinen Mann. Er hat sich nur gesund gefühlt, wenn er mindestens fünfzehn Tabletten am Tag geschluckt hat. Dabei war er ja eigentlich gar nicht krank, abgesehen von den üblichen altersbedingten Wehwehchen. Da hat er richtiggehend böse werden können, wenn es am Tag nur vier Tabletten gegeben hat. Er hat dann eine Herzattacke oder einen Harnwegsinfekt vorgetäuscht, nur um wieder rasch ins Krankenhaus zu kommen. Ich glaube eher, er hat dieses thailändische Luder von Krankenschwester, diese Nan, wiedersehen wollen. Die Thailänderinnen seien liebevoller und auch devoter, hat er dann provokant gemeint. Das habe ich natürlich nicht auf mir sitzen lassen. So habe ich angefangen, seine Medikamentenbox auch mit bunten Smarties zu befüllen."

„Hast du das dem Arzt gesagt?", fragte Hilde, während sie teilnahmslos die Falten auf Wöhrers Bettdecke wieder glatt strich.

„Ja, der hat natürlich gelacht und gemeint, es gebe nichts Besseres für einen Hypochonder als einen Placeboeffekt. Aber das würde den violetten Stuhl auch nicht auslösen, weil es ja nur ein Farbstoff sei. Jetzt hat man eine Darmspiegelung gemacht, um herauszufinden, was die Ursache dieser unerklärlichen Erscheinung ist. Hilde, ich bin mit meiner Weisheit am Ende!"

„Na, vielleicht ist dein Mann ein Wunder oder sein violetter Stuhl doch ein Vorbote des nahen Todes? Irgendwann ist es für jeden soweit! Sei doch froh, dass es so gekommen ist!"

Frau Wöhrer fing wieder an zu weinen.

„So, meine Liebe!", versuchte Hilde ihre Freundin wieder aufzurichten, „Das ist ja jetzt völlig egal, woran er stirbt. Schau, er hat es angenehm hier, ein schönes Bett, eine herrliche Aussicht und diese nette Schwester Nan dazu. In zwei, drei Tagen ist alles vorbei!"

„Hilde, ich bitte dich, rede doch etwas leiser, er könnte uns sonst hören!" Frau Wöhrer zeigte mit dem Zeigefinger auf ihre Lippen und fuhr flüsternd fort: „Nur das mit der Krankenschwester kränkt mich. Die beiden flirten ungeniert, sogar vor mir!"

„Ach, Hannilein, lass ihm doch die Freud'! Der kann doch eh nimmer!"

„Aber mich beleidigt das! Immerhin bin *ich* seine Frau!"

„Da musst du großzügiger sehen! Lass ihm seine erotischen Träume, wenigstens lässt er dich mit Sex in Ruhe, oder? Aber jetzt, wo er nichts mehr mitkriegt, ist es wichtig, dass du dich nicht mit dem Jetzt, sondern mit dem Nachher auseinandersetzt. Und mit Nachher meine ich eine gute Planung seines Abschieds."

Hilde wischte sich eine Träne aus dem Augenlid, während Frau Wöhrer in ihrer Handtasche nach einem Notizblock kramte. Sie legte diesen auf den Bauch ihres Mannes und fing unter der Anleitung ihrer Freundin zu schreiben an. Der finanzielle Rahmen war rasch abgesteckt. Ein Begräbnis erster Klasse käme nicht infrage, eigentlich hätte er sich das nicht verdient, und würde Unsummen verschlingen. Zweite Klasse würde genügen, und mit dem entsprechenden Blumenschmuck würde man ohnedies nicht merken, dass auch ein Organist und ein Trauerredner fehlten. Die Zeremonie könnte ein katholischer Priester leiten, der würde dafür nichts verlangen, immerhin hätte sie genügend Kirchensteuer gezahlt, ein ganzes Leben lang. Auch ein opulenter Leichenschmaus sei nicht mehr zeitgemäß, wo doch die Verwandten und Bekannten ohnedies im Dauerstress waren. Ein paar Gläser Wein und Fingerfood im Stehen würden den Erwartungen sicher genügen und seien obendrein um ein Drittel billiger.

„Denk dir, was du dir da alles ersparen kannst!", schloss Hilde ihre Erläuterungen.

Frau Wöhrer rechnete und schenkte sich zufrieden gleich noch ein Schnabeltässchen Prosecco ein. „Hilde, du bist ein Schatz. Wenn ich jetzt die Aufwendungen für die Bestattung zusammenrechne, plus einen neuen dunklen Anzug für Franz, plus die Verköstigung der Gäste, dann bleibt ja noch eine Menge Geld über! Genügend, um damit mit dir auf Urlaub fahren zu können!"

„Sagtest du gerade neuer Anzug?", fragte Hilde leise nach.

„Ja?!"

Hilde rollte die Augen: „Geh, Hannilein, das ist doch gar nicht notwendig. Dein Mann war doch zeitlebens ein eitler Mensch, der hat dreißig Anzüge in seinem Kasten hängen. Für das Begräbnis genügt doch ein alter, sieht ja keiner! Außerdem wäre das hinausgeschmissenes Geld, oder?"

Frau Wöhrer erbleichte und gab ihrer Freundin zu verstehen, dass ihr Mann dank ihrer Kochkünste um zwanzig Kilo mehr auf die Waage bringe seit seiner Pensionierung. „Der passt in keinen seiner alten Anzüge mehr hinein!"

Doch auch dafür hatte ihre Freundin eine Lösung: „Dann begraben wir ihn eben in einem Jogginganzug. Der ist leicht und bequem für seine letzte Reise, und ehrlich, dem Bestatter ist es völlig egal, was er trägt. Und deinem Mann sowieso!"

Es klopfte an der Türe, ein Oberarzt trat mit einer Befundmappe herein. Im Gleichklang hatten die beiden Damen ihre Tee- und Schnabeltassen unter die Bettdecke des Ruhenden geschoben und schauten den Arzt wie zwei kleine Schulmädchen verzückt an.

Herr Wöhrer schnappte nach Luft und öffnete vorsichtig sein linkes Auge.

„Und, Herr Doktor?", stammelten beide Frauen.

Der Arzt nahm sich einen Stuhl und setzte sich neben Frau Wöhrer: „Wir haben nun die Befunde der Koloskopie und auch die Ergebnisse der Pathologie!"

Bei dem Wort Pathologie griff Hilde wieder nach der Hand ihrer Freundin: „Ach, Hannilein, du musst jetzt tapfer sein!"

Der Mediziner lächelte: „Nein, so schlimm ist es nicht. Ganz im Gegenteil, Ihr Mann erfreut sich bester Gesundheit! Auch für die violetten Stuhlproben gibt es eine wissenschaftliche Erklärung. Haben Sie vielleicht einen Hund?"

„Einen Hund? Nein, zwei!", antwortete Frau Wöhrer verstört, „Aber, wie kommen Sie denn darauf?"

„Na ja, weil wir in den Stuhlproben Reste eines Entwurmungsmittels gefunden haben. Sie werden hoffentlich nicht die Tabletten Ihres Mannes mit dem Wurmmittel vertauscht haben?"

„Herr Doktor, wo denken Sie hin?"

Der Arzt stand auf und meinte, an der Türe stehend, dass dank der wunderbaren Pflege Herr Wöhrer körperlich in einem Topzustand sei und sie mit einem hohen Alter rechnen dürfe. „Mindestens fünfundneunzig oder älter! Morgen können Sie Ihren Mann wieder mit nach Hause nehmen!"

Die beiden Frauen hielten einander die Hände und fingen laut zu schluchzen an. Der Mediziner strich zärtlich über die Schulter von Frau Wöhrer: „Ach, ist das schön, wenn eine gute Nachricht eine derartige Freude auslöst. Ich habe schon vieles erlebt, aber so eine liebevolle Beziehung, wie Sie mit Ihrem Mann pflegen, geht auch mir sehr nahe. Es ist bewundernswert und vorbildhaft, seinen Partner bis ins hohe Alter derart inständig lieben zu können!“ Dann ging er.

Stumm und zu Salzsäulen erstarrt, saßen die beiden vor dem Schlafenden. Frau Wöhrer heulte in den Polster: „Um Gottes willen! Jetzt fangen die ganzen Zores wieder von vorne an!“

Hilde heulte mit: „Das kommt von deinen gottverdammten Smarties! Wurmmittel! Du hast ja einen Vogel! Vorbei ist unser Traum von einer schönen Leich', vorbei unser gemeinsamer Urlaub, ade Freiheit! Komm Hannilein, nach diesem Schock müssen wir etwas trinken gehen!“

Die beiden Freundinnen rafften sich vom Bett auf, zogen sich an und schlichen gebeugt aus dem Zimmer. Zurück blieb der Kommerzialrat, der die Augen weit aufgeschlagen hatte und zufrieden an den Plafond starrte.

Herr Wöhrer hat seine Frau nach seinem Krankenhausaufenthalt nicht mehr gesehen. Nach dem Gespräch der beiden Freundinnen, das er mitanhören hatte müssen, war ihm einiges klar geworden. Er reichte die Scheidung ein, flog nach Thailand und schrieb aus seinem Urlaubsdomizil eine Postkarte an seine Ex-Frau und an deren Freundin Hilde, die nun in einem schäbigen Altersheim in Wien ihrem Ende entgegenwarten.

„Herzliche Urlaubsgrüße aus dem sonnigen Bangkok!“
Gezeichnet:
dein überglücklicher Franz
und
Schwester Nan

Es gibt keinen Ort auf der Welt, an dem mehr „Wunder geschehen" als auf einem Friedhof. Wie ist es sonst zu erklären, dass aus der „sierigen" Erbtante im Nachhinein eine großzügige Helferin in allen Lebenslagen wird oder der cholerische Chef stets missinterpretiert wurde, weil dieser im Leben ohnehin lammfromm gewesen war. Und weil gerade zu besonders traurigen Anlässen möglichst nicht gelogen werden sollte, bedient man sich seit längerem einer eigenen Zunft, die fürs Lügen – pardon – fürs „Schönreden" bezahlt wird.

Der Trauerredner

Benjamin war ein Wunschkind gewesen, zumindest hatte ihm das seine Mutter immer wieder ins Ohr geflüstert. Und weil er so einzigartig war, bekam Benjamin auch keine Geschwister. Er durfte fortan die ungeteilte Liebe seiner Mutter „genießen". Schon frühzeitig hatte sie ihre geheimen Wünsche in das heranwachsende Kind projiziert. Doch diese hohen Erwartungen drückten Benjamins kleine Kinderseele zusammen wie einen Luftballon. Die Mutter nahm ihm förmlich seinen Odem.

Gerne und oft wandelte deshalb der heranwachsende Knabe auf Friedhöfen umher und kokettierte mit dem kindlichen Gedanken, endlich von seiner Mutter erlöst zu werden. Auch die innigsten Gebete halfen nicht, die Mutter erfreute sich bester Gesundheit. So lernte das Kind schnell, sich in sein Schicksal zu fügen.

Als junger Mann schloss er die Schule bravurös ab und erlernte einen ehrbaren Beruf. Er wurde zum Stolz seiner Mutter Mathematikprofessor an einem Wiener Gymnasium. Den Widerstand und die Abscheu, die er gegen sie hegte, ließ er wie ein ungestümer Hengst an seinen Schülern aus. Für den ungebremsten Hass und die Freude daran, seine Schüler mit unlösbaren mathematischen Aufgaben zu quälen, erhielt er von ihnen und seinen Lehrerkollegen den Beinamen *Gott*

Kupfer. Die Kritik, ein ähnlich grausamer Tyrann wie jener in Friedrich Torbergs Roman *Der Schüler Gerber* zu sein, löste in Benjamin aber keine Spur von Regung aus, ganz im Gegenteil: Er wurde noch härter zu sich und zu seinen Schülern.

Erst als die Mutter starb und im geöffneten Sarg lag, so alt, so verrunzelt und so unglaublich schön tot, erst dann hatte Benjamin den Mut, sein Leben selbst in die Hand zu nehmen und seinen Schatz, eine nekrophile Goldader, zu heben. Er kündigte seinen Lehrberuf und wurde Trauerredner.

Benjamin war glücklich, endlich seine Bestimmung gefunden zu haben. Auf Friedhöfen fühlte er sich wohl. Der Tod war so herrlich unkompliziert und logisch wie eine mathematische Formel. Der junge Mann war endlich erlöst, denn sein Purgatorium, sein Fegefeuer, lag endlich schweigsam in Gruppe 31, Reihe 4, Grab 6.

Schnell sprach es sich auf Wiens Friedhöfen herum, dass Herr Kilian, wie er sich nun nannte, bei Begräbnissen ein Geheimtipp wäre. Nicht nur sein angenehmes Äußeres fiel auf, auch seine elegante Art und seine gute Erziehung erweckten großes Interesse der Trauernden. Seine wunderbaren und einfühlsamen Abschiedsreden ließen jedes Begräbnis zu einem Hochgenuss werden. Bei ihm bekam die Bezeichnung, „eine schöne Leich' zu sein", wieder ihre ursprüngliche Bedeutung.

Das kleine Geschäft mit dem Tod florierte, denn Kilians guter Ruf hatte sich in der Branche herumgesprochen. Er war zum Unternehmer aufgestiegen und merklich stolz darauf. Mit mathematischer Präzession arbeitete er an den Formulierungen seiner Ansprachen. Eine schöne Formulierung sei wie weiche Butter, der Geschmackträger eines guten Gedankens, war er überzeugt. Im Laufe der Zeit hatte der Trauerredner für jede menschliche Regung, für jedes noch so unangenehme Verhalten des Verstorbenen eine schöne Floskel parat, die eine Verabschiedung erträglicher machte. Diese einfühlsame Rhetorik war Balsam für Geist und Seele der trauernden Hinterbliebenen. Ein fettleibiger und ekelhafter Trinker zum Beispiel wurde aus seinem Mund zu einem edlen Genießer aller

Lebensfreuden, eine streitsüchtige Narzisstin zum Lebensmensch mit Ecken und Kanten, und sexhungrige Ehebrecher zu Menschen, die ihre Vollkommenheit in der Liebe suchten.

Genau dieser Mann ist der Richtige, dachte Frau Wistrally, als sie Herrn Kilian anrief und ihn beauftragte, die Totenfeier ihres geliebten Ehemannes zu übernehmen, nicht ohne eine klitzekleine Erpressung. Herr Kilian sollte zum Schluss der Trauerrede die ungeschminkte Wahrheit über ihren Mann in die Welt posaunen. Dafür würde er eine großzügige Prämie zusätzlich zum Honorar und eine Einladung in ihre erlauchte Bridgerunde erhalten, quasi als Geschäftsanbahnung für zukünftige Begräbnisse.

Herr Kilian schritt zielgerichtet und festen Schritts zum Mikrofon, klopfte zwei-, dreimal dagegen und öffnete sein Buch, in dem die vorbereitete Rede lag. Keiner der Anwesenden konnte erahnen, wie nervös der Trauerredner war. Zu mächtig drückten die Erwartungen auf seine Schultern. Das lag an der eleganten, aber boshaften Ehefrau und nunmehrigen Witwe von Herrn Wistrally, die ähnlich unverschämt war wie seine verstorbene Mutter. Er sollte eine Ansprache halten und all die Boshaftigkeiten und Gemeinheiten aufzählen, von denen ihm die vermeintlich trauernde Witwe berichtet hatte und die er ansonsten immer verschwieg. Er war verzweifelt. Nicht mehr oder weniger als sein Ruf als Grabredner stand auf dem Spiel.

Eine Woche vor den Begräbnisfeierlichkeiten war Kilian bei der Witwe zu Hause gesessen und hatte sich seine Notizen gemacht. Frau Wistrally hatte es in unglaublicher Geschwindigkeit geschafft, einen Profi wie ihn aus der Fassung zu bringen. Die Rede wollte sie sich etwas kosten lassen. Normalerweise verlangte er für Telefonate, Internetrecherche und Vorbereitungszeit die marktüblichen vierhundert Euro. Diese Rede sollte jedoch etwas Besonderes sein, meinte Frau Wistrally und schob ihm bei der Verabschiedung ein Kuvert mit fünfhundert Euro über den kleinen Couchtisch: „Die andere Hälfte bekommen Sie, wenn Ihr Auftrag meinen Erwartungen entspricht!"

Am Tag des Begräbnisses saß sie mit schwarzem Schleier und dunklen Sonnenbrillen in der ersten Reihe in der Aufbahrungshalle. Ihre schlanken Beine hatte sie gekonnt übereinandergeschlagen und wartete wie die Katze vor dem Mauseloch auf die Worte des Trauerredners. Neben Frau Wistrally saßen die beiden Söhne und die Schwiegertöchter. Sie hielten einander an den Händen. Ein paar ältere Damen und Herren füllten die spärlichen Sesselreihen, der Rest der Trauergemeinde musste stehen. Hinter dem Mikrofon, vor dem nun Herr Kilian auf die einsetzende Stille wartete, lag der Leichnam in einem schweren Eichensarg aufgebahrt, umgeben von drei üppigen Kränzen und zwei großen Kandelabern, auf dem jeweils sieben Elektrokerzen brannten. Die Szenerie war bedrückend, nur ein kleines Kind, das heftig mit seinen Beinchen auf die Vorderräder des Kinderwagens schlug, durchbrach die Stille. Kilian atmete tief durch, dann begann er mit seiner Rede:

„Geschätzte Frau Wistrally, liebe Familie und verehrte Freunde!
Sehr geehrte Vertreter der Wirtschaftskammer!
Liebe trauernde Gemeinde!
Es ist mein Beruf, Menschen in ihrem Kummer und ihrem Schmerz zu begleiten. Und doch, selten noch saß ich bei der Vorbereitung auf diese Feier vor einer Frau, vor Ihnen, sehr verehrte Frau Wistrally, die Ihr Leid so unmittelbar und einfühlsam äußerte wie Sie. Es zerriss mir förmlich das Herz, als Sie mir Ihre Seele öffneten und mir von einem Menschen, Ihrem geliebten Ehemann, Freund und Weggefährten erzählten, mit dem Sie ein derart schönes und erfülltes Leben teilen konnten.“

Frau Wistrally räusperte sich verlegen, nahm ein Taschentuch und tat so, als würde sie sich hinter ihrem Schleier eine Träne wegwischen. Dieser Herr Kilian ist jeden Cent seines Honorars wert, dachte sie, setzte sich wieder aufrecht in den Sessel und überschlug nun das linke über das rechte Bein. Schade, dass ich nicht mehr vierzig bin. So ein fescher und gescheiter Mann hat ja Seltenheitswert in Wien. Blöd, genauso einen Burschen muss ich erst auf dem Friedhof kennenlernen, noch dazu beim Begräbnis meines Mannes! Also manches Mal kommt mir der Herrgott wie ein Sadist vor. Mein Mann hätte ja auch früher sterben können, oder? Dann hätte ich auch noch etwas vom Leben gehabt. Aber nein, zehn Jahre habe ich ihn pflegen müssen! Meine besten Jahre sind dahin!

Sie blickte eindringlich auf den Sarg und sinnierte weiter über ihren verstorbenen Mann. Den teuersten Trauerredner Wiens habe ich dafür gezahlt, dass er die ungeschminkte Wahrheit über dich erzählt. Er wird über die vielen Weiber reden, mit denen du herumgehurt hast! Über die Sorgen, die ich hatte, weil du keine Geschäfte führen konntest. Alles wirst du anhören müssen und kannst nicht einmal wegrennen. Apropos wegrennen, eigentlich müsste ich gerade jetzt dringend auf die Toilette. Ich bin eine blöde Kuh, das sind die paar Gläser Prosecco, die ich zur Feier des Tages getrunken habe. Fein, jetzt geht's los, hör gut zu da vorne in deinem Sarg!

„Besonders möchte ich heute die Familie, die Söhne und Schwiegertöchter, die Verwandten, gute Freunde …"

Ich freue mich, dass meine beiden Buben bei mir sind. Fesch sind sie! Sie geraten eben ganz mir nach. Schade nur, dass ständig diese beiden Tussis dabei sind. Da kriegst du Kinder und immer musst du sie mit jemandem teilen. Gott, wie das nervt! Nie hast du sie für dich alleine! Dabei warf sie ihren Schwiegertöchtern gehässige Blicke zu, die dank des Schleiers niemand sehen konnte. Meine Güte, Max muss ein wenig auf seine Figur achten, das ist das üppige tschechische Essen seiner Frau. Max hat leider etwas von deinen Genen. Du hast dich ja auch im Leben um nichts gepfiffen und warst immer zu fett. Allein der Sarg hat das Doppelte gekostet, weil wir eine Übergröße nehmen mussten. Und auch das Erdloch, das die Totengräber haben ausgraben müssen, alles XXL! Die Witwe nickte wohlwollend einer Dame zu. Schau, die Herta ist auch da, wie nett! Dabei hab' ich geglaubt, die ist schon gestorben.

„… und den Präsidenten und Vertreter der Wirtschaftskammer zu dieser Trauerfeier begrüßen."

Falsche Bagage, die kommen sowieso nur wegen des Leichenschmauses. Großer Gott, der ist auch alt geworden! Den habe ich schon lange nicht gesehen. Schade, dass man sich in unserem Alter nur mehr an Begräbnissen sieht. Wie heißt der doch gleich? Keine Ahnung. Ist ohnehin wurscht. Wurst? Eigentlich hätt' ich jetzt doch glatt einen Gusto auf eine Leberkäsesemmel.

„Wir sind heute zusammengekommen, um Abschied zu nehmen von einem ganz besonderen Menschen, dem Verstorbenen Herrn Wistrally, dessen plötzlicher Tod die Familie und alle Freunde so unmittelbar und hart trifft."

Also mich nicht. Ich habe ja Helene gesagt, ich brauche diesen blöden Schleier nicht. Aber im Nachhinein betrachtet, zahlt sich das jetzt schon aus. Ich kann beruhigt lächeln, gerade wenn ich höre, wie unmittelbar und unerwartet du von uns gegangen bist. Du warst dein ganzes liebes Leben lang ein maßloser Depp, der auf nichts verzichten hat können. Das gierige Schlemmen nach den vielen Sitzungen und die Sauferei mit deinen Freunden in der Wirtschaftskammer, die haben dich kaputtgemacht. Und wer hat dann die ganze Arbeit gehabt? Ich. Dafür müsste mir ein Orden verliehen werden.

„Geboren wurde Herr Wistrally 1949 in Furthling, einem kleinen Dorf an der burgenländischen Grenze."

Oh Gott, jetzt muss ich mir sein Leben wieder anhören, kenn ich doch seit fünfzig Jahren. Hoffentlich hält sich dieser Herr Kilian an unsere Abmachung. Wir haben einen kurzen

Lebensrückblick und keine Details aus dem Krieg ausgemacht. Ich hasse dieses ganze Entbehrungsgeschwafel, blablabla.

„Verzicht und Entbehrungen als Nachkriegskind waren in den ersten Lebensjahren seine Lehrer, doch der junge Mann hatte andere Pläne. Nach der Pflichtschule zog es ihn nach Wien, er schüttelte die dörfliche Enge ab, um seinem Ziel, einen Malereibetrieb zu eröffnen, näher zu kommen. Dort lernte er auch seine spätere Frau und große Liebe kennen."

Das Geheimnis einer guten Beziehung liegt im Nein-sagen-Können, hat mein Vater oft gesagt. Warum hab' ich damit nicht gleich am Standesamt begonnen? Ich hätte mir so viel Ärger erspart!

„Fortan gingen die beiden gemeinsam den steinigen Weg des Lebens und unterstützten einander in wunderbarer Weise, auch von Seiten der Schwiegerfamilie aus Wien."

Ja, genauso will ich es hören, Herr Kilian. Fein formuliert und treffsicher. Mein lieber Schwan, wie oft hab' ich meinen Vater um Geld anschnorren müssen, weil mein kleines Gehalt nicht ausgereicht hat, um die Familie zu versorgen. „Warum musstest du auch dieses Landei heiraten?", hat mich Papa immer wieder gefragt, „Noch dazu einen Malermeister?" Damals, ja damals warst du ein fescher Mann, ungestüm und leider auch ein Draufgänger. Aber das hat sich erst viel später herausgestellt. Meine Freundin hat ja so recht gehabt. „Deinen Mann hast du nie alleine!", hat sie damals gesagt Diese unbefriedigten Wiener Vorstadtweiber haben auf einen Depp wie dich nur gewartet, und du hast ihnen einen neuen Anstrich verpasst. Geld hast du für deine Dienste natürlich nie bekommen.

„Herrn Wistrallys Leben war geprägt von Sorge und Hingabe für seine Familie und für seine Mitarbeiter. Deren Nöte nahm

er nicht nur ernst, sondern machte sie mit großer Leidenschaft zu seinem persönlichen Anliegen. Eine alte Weisheit besagt: Die Blume geht zugrunde, aber der Same bleibt zurück. Geheimnisvoll wie die Ewigkeit des Lebens.
Herr Wistrally war im wahrsten Sinne des Wortes eine Blume, ein Geschenk des Himmels. Bunt wie seine Farben war sein Leben, ein kräftiges Blau hier, ein hellgrünes Grün da, und zwischendurch rosarot – wie die Liebe."

Ja genau, lieber Herr Kilian! Hier zeigt sich die ganze Kraft Ihres Zynismus, ich hätte es nicht schöner formulieren können. Das dunkle Blau hieß Marlene, das helle Grün Maria und das Rosarot ist nun diese Gaby. Wie eine Biene hast du die Blümchen bestäubt, du dummer Willy. Ein kleines Blümchen hockt da im Kinderwagerl, heißt Jonas und nervt alle. Mich besonders, weil der Lauser nun ebenfalls einen Pflichtteil vom Vermögen kriegt.

„Eine Liebe, die er nicht nur seiner Frau in vollen Zügen ausschüttete. Unter seinem schattigen Schirm seiner großzügig ausufernden Liebe durften viele Menschen Platz nehmen. Eine erfrischende Quelle, aus der man ewig schöpfen konnte."

Genau 140 000 Euro. Ja, peitsche es in ihr Gewissen, dieser frechen Gaby, dieser rosaroten Stinknelke. Ich habe mein Leben lang für diese Firma gearbeitet, und sie? Sie hat dafür nur zehn Minuten gebraucht. Ein Pflichtteil weniger, ich könnte heulen! Frau Wistrally beugte sich wie unter Schmerzen über ihre Knie. Sie schluchzte und weinte das erste Mal dicke Tränen in ihr Taschentuch, dieses Mal ehrliche, denn die hohe Summe riss ihr wirklich das Herz heraus.

„Vor einigen Jahren bekam dieses aufopfernde Leben aber einen Riss. Ein Herzinfarkt und ein Schlaganfall zwangen Herrn Wistrally ins Krankenbett. Doch auch hier war es der unermüdlichen Hingabe und liebevollen Pflege seiner Frau zu verdanken,

dass er mit kleineren Einschränkungen, ein lebenswertes und zufriedenes Leben führen konnte.“

Frau Wistrally horchte auf und seufzte ein markdurchdringendes *Ach* in die trauernde Gemeinde. Danach ließ sie wieder ihre Schultern hängen und grübelte in sich hinein: Na ja, vorbei ist vorbei! Auch mit deinem Schatzi aus der Vorstadt. Gibt's was Schöneres als bei einem Herzinfarkt zu sterben? Bum, zack und vorbei ist es. Aber nein, du hast das Malheur überlebt, die Intensivstation und danach die Reha. Dann war es fort, dein Schatzi, und du bist reumütig wieder zu mir zurückgekommen. Du hättest mir fast leidgetan mit deinem schlürfenden Gang und deiner herabhängenden Mundhälfte, aber eben nur fast. Vom Bett aus hast du uns genervt und alle auf Trab gehalten, du Scheusal. Dich und deine Wehwehchen konnte ich gar nicht mehr hören, deine Kreislauf- und Blasenschwächen, deine nie enden wollenden Reizdarmattacken und deine zittrigen Hände am Po irgendwelcher Pflegerinnen.

„Es sind die Lebenden, die den Toten die Augen schließen. Es sind die Toten, die den Lebenden die Augen öffnen, heißt es.“ Herr Kilian kam langsam zum Ende seiner Rede.

Oh ja! Mir sind die Augen schon lange geöffnet worden! Wo bleibt die Abrechnung, der versteckte Vorwurf, die ungeschminkte Wahrheit? Wo bleib' ich bei dem ganzen Kasperltheater? Dieser arrogante Mensch! Er und ich haben doch einen Vertrag!

Kilian dachte jedoch nicht im Entferntesten daran, schlecht über einen Menschen zu reden, der sich nicht wehren konnte. Ganz im Gegenteil, umso inniger und würdevoller er über den Toten sprach und umso nervöser die Witwe wurde, desto sicherer wurde er in seiner Meinung. Niemals würde er es zulassen, dass irgendjemand über ihn Macht hatte.

„In diesem Sinne möchte Ihnen, lieber Herr Wistrally Ihre Familie, besonders aber Ihre Frau danken, für ein Leben voller Liebe und Sorge für den Nächsten."

Ist dieser Trauerredner jetzt völlig übergeschnappt? Sagen Sie jetzt endlich, was wir besprochen haben. Was faselt der daher? Wofür danken? Ich warte noch, bis die Verlassenschaft abgehandelt ist, dann verkauf' ich das Geschäft. Apropos Geschäft, ich muss so dringend auf die Toilette, ich halte es bald nicht mehr aus.

Ganz leise, fast unhörbar fing im Hintergrund eine Trauermusik zu spielen an, die die letzten Worte von Herrn Kilian noch klarer untermalen sollte. Die Witwe spürte, dass die Rede zu einem Ende gekommen war, stand auf und ging vom Schmerz – oder vielmehr von ihrer vollen Blase – gebeugt nach vorne zum Sarg. Sie legte theatralisch ihren Kopf auf den Sargdeckel, strich zärtlich über das Holz und summte leise ihr Lieblingslied von Andrea Berg: „Du hast mich tausendmal belogen, du hast mich tausendmal verletzt!"

Die Blicke des Trauerredners waren auf die schluchzende Witwe gerichtet. Als sie den Sarg umklammerte und sich ihre Finger in das Holz bohrten, löste diese Geste in ihm dieselben unangenehmen Gefühle aus wie damals, als er seiner Mutter hatte gehorchen müssen. Jetzt sollte er nach Vereinbarung mit Frau Wistrally mit einigen unerfreulichen Passagen aus dem Leben dieses Mannes beginnen, er konnte sich jedoch nicht dazu durchringen. Wie angewurzelt stand er da und dachte mitfühlend an den Verstorbenen. Tränen kamen in seine Augen. So wie er unter seiner Mutter, so musste auch dieser arme Mensch unter dieser Frau gelitten haben. Mit Sicherheit hatte Herr Wistrally seinen Kummer in Alkohol ersäuft. Und meine Güte, er gönnte ihm sogar die kleinen Freuden der Völlerei und die Seitensprünge, vor allem die mit der rosaroten Gaby. Ein unsagbares Gefühl von Mitleid mit dem Verstorbenen durchströmte ihn. Jäh erwachte Kilian aus seinen Gedanken.

Frau Wistrally hatte sich vom Sarg gelöst und stand plötzlich neben ihm am Rednerpult. Hastig nahm er die Zettel, überschlug die böswilligen Passagen, was ihm Frau Wistrally sichtlich übelnahm, und sprach überzeugt in ihr Gesicht:

„Viel zu spät, erst nach dem Tod, erkennen wir, wer dieser Verstorbene wirklich war. Ein liebevoller Vater und verständnisvoller Ehemann, der zeitlebens nach der wahren Liebe und dem Leben gesucht und es offensichtlich nicht gefunden hat. Jetzt bist du angekommen, nichts und niemand wird dich im göttlichen Paradies stören. Wie sehr gönne ich dir das, dir, einem Märtyrer, der von uns gegangen ist. Ich zitiere zum Schluss aus der Heiligen Schrift: Einer der Soldaten nahm seine Lanze und stieß es dem Herrn in seine linke Seite. In diesem Moment quollen Wasser und Blut aus seiner Seite. Der Soldat kniete nieder, verbeugte sich und rief …"

In diesen Sekunden klopfte der Witwe vor Wut das Herz bis zum Hals. Sie starrte Kilian hasserfüllt an, jetzt würde sie diesem ignoranten Trottel das Ruder aus der Hand nehmen und sagen, was Sache war. Außerdem, dachte sie, wäre sie genauso bibelfest wie der Trauerredner.

Die beiden standen sich wie Furien gegenüber und riefen wie aus einem Mund:

Kilian: „Ecce homo!" – „Was für ein Mensch!"
Frau Wistrally: „Ecce homo!" – „Was für ein Arsch!"

Grün – Violett – Rot … bis in den Tod

„Ich kann als Fußballenthusiast Ihre Leidenschaft und Liebe für Fußball durchaus nachvollziehen, ein wenig mehr Pietät und Anstand hätte ich mir in Anbetracht der traurigen Umstände aber schon von allen hier Anwesenden erwartet. Noch dazu waren Sie alle nicht irgendwo in einem Stadion, sondern am Wiener Zentralfriedhof!“

Der Richter klopfte dabei ungeduldig mit dem Zeigefinger auf die Akten. Die sechs Hauptangeklagten senkten betreten ihre Häupter. Auch mein Freund Berti, der eigentlich nur als Zeuge zur Verhandlung geladen war und mich als seelische Unterstützung benötigte.

„Und legen Sie, verdammt nochmal, Ihre Kappen und Schals auf die Seite, Sie sind hier nicht bei einem Fußballmatch!“, fauchte der Richter und hieb dabei mit der Faust auf den Tisch. Die Stimmung war geladen und aufgeheizt. Herr Manfred W. streifte sich verlegen und sichtlich schmerzerfüllt seine grüne Kappe vom Kopf. Ein dicker blutverschmierter Verband kam dabei zum Vorschein. Auch der Hals von Herrn Peter S. zeigte deutliche Würgemale, die anderen Herren wiesen Spuren massiver Gewalteinwirkung wie Schürf- und Schnittwunden auf. Der eine hatte einen eingegipsten Unterarm, der andere sein blaues Auge hinter einer Sonnenbrille versteckt.

Nachdem sich die Herren der Schöpfung mit Namen, Wohnort und Beruf vorgestellt hatten, fing der Staatsanwalt mit seinen Ausführungen an. Die Liste der vorgeworfenen Straftaten war ernüchternd: schwere Körperverletzung, gefährliche Drohung, Nötigung, Sachbeschädigung, Störung der Totenruhe, Beamtenbeleidigung und Widerstand gegen die Staatsgewalt.

„Da kommt ja einiges zusammen, meine Herren!“, lächelte er überlegen. Der Richter erteilte zum Tathergang der Witwe, Frau Berta W. das Wort.

„Wissen'S Herr Rat, meine Leut' sind alle deppert! Die ganze Familie! Das war schon immer so. Mein verstorbener Mann, Gott lass ihn selig ruhen, hat ja in Jugendjahren damit begonnen und nie mehr mit dem Blödsinn aufgehört. Der Fußball ist sozusagen sein Tod gewesen!"

Der Richter räusperte sich: „Gute Frau, Ihr Mann war doch erst zweiundsechzig Jahre alt und erfreute sich bester Gesundheit, wie aus den Akten hervorgeht. Und Fußball ist doch ein gesunder Sport, oder nicht!" Das Raunen im Saal war nicht zu überhören.

Frau Berta W. antwortete: „Nicht in unserer Familie, und gesund nur dann, wenn Rapid die Bundesligatabelle anführt. Der Abstieg beim Cupspiel – noch dazu gegen Hollabrunn – und seine hundertzwanzig Kilo haben ihm den Rest gegeben. Das hat er als Rapidfan einfach nicht ausgehalten. Hirnschlag. Ist ganz schnell gegangen!"

„Der hätte auch einen Schlaganfall gekriegt, wenn die Loser-Partie gewonnen hätte!", hörte man von der hintersten Reihe des Saales einen bösartigen Kommentar. Unruhe machte sich im Saal breit, auch die Angeklagten fingen mit verbalen Fäkalattacken an: „Orschloch!" und „Pass auf, wenn ich heimkomme, dann fick ich …!"

„Ruuuuhhhhheeeee!", brüllte der Richter. „Geht denn das schon wieder los? Wenn Sie sich nicht benehmen können, muss ich den Saal räumen lassen!"

„Ist eh besser", murmelte der Angeklagte Peter S., „dann stinkt es weniger nach Austrianern!" Das hatte der Richter offensichtlich überhört.

„Eigentlich", fuhr die Witwe fort und driftete dabei immer mehr in den Hütteldorfer Dialekt ab, „hat das alles ja lange vor dem Begräbnis begonnen, schon bei unserer Hochzeit, wenn ich ehrlich bin. Wir stammen aus völlig verschiedenen Vereinen. Mein Mann, da Koarl, ist ein Rapidler durch und durch, und ich komme aus einer Familie mit Austrianern. Des woar wie in dem Füm *Romeo und Julia*. Super Füm, aber de san ja a net zamkumman, wegen der ewigen Streiterei."

Stimmt, dachte ich, in der Reihe neben Berti sitzend, diese Frau musste mit diesen Mannsbildern wahrscheinlich Höllenqualen durchgestanden haben. Ich kannte diese Unstimmigkeiten selbst aus meiner Familie. Das ging nie friktionsfrei aus. Mein Vater hatte altbürgerliche Wiener Wurzeln und meine Mutter entstammte einer bäuerlichen Großfamilie aus dem Waldviertel. Das ergab Zündstoff für mindestens drei Weltkriege. Aber ihre Situation mit der von Romeo und Julia zu vergleichen, hielt ich nun doch für literarisch höchst überzogen, immerhin ging es um Austria gegen Rapid. Shakespeare hätte sich im Grab umgedreht.

Der Richter lächelte verschmitzt, und Frau Berta W. redete weiter: „De Streiterei ist dann unser Lebtag weitergegangen und immer wegan Fußball. Da Franz gegan Bertl, da Koarl gegan Manfred und der Manfred gegan Peter! Nie war Ruhe in unsam Haus, immer ham de miteinander kämpfen miassn. Und wenn einmal Sturm Graz gegen Rapid g'spüht hat, dann haben sich die Austrianer aus meiner Familie, nicht wie Sie vielleicht glauben, auf de Seitn von Rapid gstöllt, na, dann habns alle zu Sturm Graz gholfen, und es gab wieder eine Schlägerei!"

„Wir wissen das, gnädige Frau!", meinte der Richter, „Ihre Familie ist dem Gericht im wahrsten Sinne des Wortes einschlägig bekannt!"

Deswegen, so Frau Berta W., hätte sie schon lange mit ihrem Mann besprochen, dass bei einem unerwarteten Tod und dem anschließenden Begräbnis weder ein Wort über Streitereien, über Lebenswandel und schon gar nichts über Fußball gesprochen werden dürfe. Berti, der neben mir saß, wurde plötzlich unruhig und rutschte auf der hölzernen Bank hin und her. „Der Pfaff ist eigentlich an dem ganzen Schlamassel schuld!", beendete sie ihre Erläuterungen.

„Der Priester?", fragte der Staatsanwalt nach.

„Ja, der Pfaff! Ich bin ja schon lange aus der Kirch'n ausgetreten, auch mein Mann. Wir haben bei der Bestattung einen Trauerredner bestellt. Der kam aber nicht, weil der hatte sich am Vorabend bei einem Leichenschmaus derart besoffen, dass er nicht aufstehen konnte. Man bot uns einen Ersatz an, einen katholischen Priester. War mir eh wurscht, Herr Rat. Wenn's nicht mehr kostet, hab' ich mir gedacht, kann auch ein katholischer Pfaff die Beerdigung machen. Hauptsache er redet nicht über Fußball."

„Und?", fragte der Richter nach. „Was hat der Priester nun mit der Schlägerei in der Aufbahrungshalle zu tun?"

Berti wurde immer nervöser. Der Richter erteilte nun meinem Freund das Wort: „Was sagen Sie dazu?"

Berti stand auf und ging in den Zeugenstand. Als er bei Manfred L. vorbeikam, hörte man ein verhaltenes „Orschloch!"

Zitternd gab Berti seine Personalien an. Ja, er hätte das Begräbnis unerwartet und deswegen auch völlig unvorbereitet übernehmen müssen. Aus reiner Gutmütigkeit hätte er den Dienst angenommen und nun müsse er sich vor Gericht verteidigen. Berti tat mir schrecklich leid, so ganz alleine und verloren vor dem Richter.

„Glauben Sie mir, Herr Rat", fing er an, „ich kenne die Gepflogenheiten am Wiener Zentralfriedhof. Ich war in Zeitnot und übernahm ohne Kenntnis der näheren Umstände die Trauerfeier. Ich zog mich in einem kleinen Zimmer neben der Aufbahrungshalle um, bekam vom Zeremonienmeister einige Fakten und dann hätte es losgehen sollen."

„Und?" Der Staatsanwalt schaute auf die Uhr, er wollte in die Mittagspause und drängte nach aussagekräftigeren Inhalten für seine Anklage.

„Dann schritt ich in die Aufbahrungshalle durch die Trauergäste. Links saßen in grünen Trainingsanzügen die Rapid-Anhänger mit Fahnen und Wimpeln und rechts die verschwägerte Familie, alle Austrianer. Ich fand das zu diesem Zeitpunkt noch sehr schön. Kommt ja nicht alle Tage vor, dass Rapidler und Austrianer so friedlich nebeneinandersitzen. Die sechs Träger standen neben der Eingangstüre. Unter vorgehaltener Hand teilten sie mir mit, ich solle, um Gottes willen, nichts über Fußball sprechen. Das sei gefährlich und die Stimmung hochexplosiv." Berti räusperte sich verlegen.

„Weiter?", fragte der Richter erwartungsvoll nach.

„Na, dann kam es eben zur Katastrophe!" Die Festgäste waren immer unruhiger und aggressiver geworden. Er hätte nur auf die trauernde Witwe, Frau Berta W. geschaut und sich auf seinen Text über Vergänglichkeit, das ewige Leben, Erlösung und Wiedersehen im göttlichen Paradies konzentriert, „... und als ich mit den Worten enden wollte, nur Gott wüsste, wer in den Himmel käme, löste das eine Katastrophe aus!"

„Warum?" Der Staatsanwalt wurde ungehalten.

„Genau bei diesen Worten läutete nämlich mein Handy. Sehr unpassend und sehr unangenehm. Ich hatte vor lauter Stress vergessen, den Klingelton auf lautlos zu schalten!"

„Aber das ist doch nicht weiter schlimm!", meinte der Richter. „Das passiert doch immer wieder!"

Aber nicht bei einem Begräbnis eines Rapid-Fans, denn der Klingelton war eine App-Nachricht von Austria Wien. „Wissen Sie, ich bin nämlich Austrianer!"

Herr Manfred L. erhob sich und schrie Berti an, der zitternd im Zeugenstand saß: „Am Begräbnis vom Koarl, an Austria Klingelton, des geht afoch net, Herr Rat! ‚Heast Depperter', hab' ich in die Trauergesellschaft gerufen, ‚des kannst afoch net mochen, da is a Begräbnis von an Rapidler!', die Stimmung war eh aufg'hatzt und dann hearst den Schasklingelton von de Trotteln."

Auf der Anklagebank kam es zu tumultartigen Szenen, die nur mithilfe von vier Justizwachebeamten beruhigt werden konnte. Berti wurde aus dem Zeugenstand entlassen und setzte sich wieder schutzsuchend an meine Seite.

Nach den Schilderungen eines Sargträgers hätten die Trauergäste die Aussage des Priesters, Gott wüsste, wer in den Himmel käme, kombiniert mit dem Austria-Klingelton, als Provokation missverstanden. In zwei Sekunden seien alle Schleusen des aufgestauten Hasses geöffnet gewesen. Die Witwe hätte zuerst mit ihrer schwarzen Handtasche auf den Kopf von Peter S. geschlagen, dessen Frau sich wiederum mit einem kräftigen Faustschlag revanchiert hätte. Sofort seien die mitgebrachten Fahnen und Wimpeln zu Wurf- und Stoßgeräten umfunktioniert worden. Die Austria-Fans hätten geantwortet, indem sie Sesseln und Gebetbücher in den feindlichen Sektor geworfen hätten. Ein Kerzenständer sei dabei ins Wanken gekommen und auf den Wagen gestürzt, auf dem der Sarg aufgebahrt gewesen sei. Dieser sei von der Bahre gerutscht und zerborsten. Der Tsunami sei nicht mehr zu stoppen gewesen, die blutig-brutale Schlägerei sei außer Rand und Band geraten.

„Das war der Moment", meinte der Pompfüneberer ruhig, „wo ich meinen Kollegen gesagt hab: ‚Kummt's Burschen, wir gehen!' Weil ehrlich, Herr Rat, ich bin beim Betriebsrat und für so an Schas kriegen wir nicht einmal eine Gefahrenzulage. Des Match war ohnehin gelaufen. Wir sind mit dem Pfarrer rausgegangen, haben die Türe von außen zugesperrt, uns eine Zigarette angeraucht und dann die Polizei und den Notarztwagen gerufen."

Das traurige Resultat: drei Schwer- und elf Leichtverletzte, Devastierung der gesamten Inneneinrichtung der Aufbahrungshalle und teilweise Zerstörung eines Fichtesarges. Der Richter griff sich an den Kopf, zog sich seine Brille von der Nase und rieb sich seine Augen. Er schien sichtlich von dem Gehörten angegriffen zu sein. Der Staatsanwalt schüttelte ebenfalls den Kopf. „Die Rede des Herrn Pfarrer war ja wirklich mehr als provokant, noch dazu bei einem solchen Begräbnis!"

Der Richter schob sich seine Brille wieder zurecht und wurde lauter: „Kollege, was soll denn an dieser Aussage provokant sein?"

„Na, weil kein Mensch, nicht einmal Gott selbst so eine dumme Behauptung aufstellen könnte, Austria und im Himmel, das ist unmöglich!", lachte der Staatsanwalt den Richter aus.

„Haben Sie etwas gegen Fußball?", fragte der Richter.

„Nein Herr Rat, nur etwas gegen die Austria!“

Dabei öffnete er sein weißes Hemd und zur allgemeinen Verwunderung kam eine große grüne Vereinstätowierung auf seiner Brust zum Vorschein. Die Rapid-Fans im Saal fingen zu klatschen und zu jubeln an. Der Austria-Sektor murrte und summte solidarisch die Vereinshymne, zuerst leise, dann immer lauter und lauter, um das Grölen der Rapidler zu übertönen.

Erst jetzt bemerkte ich, dass der Richter aufgestanden war, die rechte Hand an sein Herz drückte und lauthals *Die Jungs aus Favoriten* mitsang. Auch Berti sprang auf und sang inbrünstig mit. Eine Woge ungebremsten Hasses ging durch den Gerichtssaal, die Witwe schoss ihre Handtasche auf den Richter, der diese gar nicht bemerkte, weil er bereits angefangen hatte, den Staatsanwalt mit Akten zu bewerfen. Als die ersten Bankreihen aus der Verankerung gerissen wurden, versuchte ich meinen Freund Berti, der gerade von einem Rapid-Fan gewürgt wurde, aus dessen Umklammerung zu befreien, und rettete mich mit ihm vor den Verhandlungssaal. Hinter der Türe standen bereits die sechs Sargträger und rauchten genüsslich und völlig emotionslos eine Zigarette. Wir schlossen uns ihnen an.

Wie ich einige Tage später aus Medien erfahren habe, wird der Fall neu verhandelt und zum gegebenen Zeitpunkt, also in drei bis vier Monaten nach diversen Spitals- und Rehabilitationsaufenthalten, am Oberlandesgericht Wien stattfinden.

Den Vorsitz wird dann aus sportlichen Überlegungen eine Frau übernehmen. Eine liebe Freundin von mir, Frau Dr.^{in} Julia B., eine bekannt objektive und strenge Richterin, wird dieses Verfahren leiten. Ich muss sie in den nächsten Tagen unbedingt anrufen und warnen. Ich weiß nämlich, dass sie ein Sturm Graz-Fan ist.

Jeder kennt sie, die Wut auf gierige Mitmenschen. Reißt man sich bei den einen noch am Riemen, so kann es bei den lieben Verwandten passieren, dass unterdrückte Mord- und Tötungsabsichten grauenvoll ans Tageslicht treten. Besonders heftig und ganz ungeniert zeigt sich manch triebhaftes Verhalten bei Erbschaftsangelegenheiten. Die animalischsten Instinkte treten zum Vorschein und bringen unser Bewusstsein und unseren Grundsatz, stets als Humanisten zu handeln, völlig durcheinander. Dass die Psychoanalyse in Wien ihre Wiege hatte, ist dabei sicher kein Zufall gewesen.

Den Lieben kann man's echt verderben, am besten gar nicht erst zu (st)erben

Von den sieben Todsünden zählen der Neid und die Gier sicherlich zu den unangenehmsten Erscheinungsformen menschlichen Verhaltens. Während sich Völlerei, Wollust oder Zorn frech und ohne Genierer zeigen – ich liebe Menschen, die gerne essen und trinken und nebenbei noch vor Erotik sprühen –, verstecken sich Neid und Gier hinter den illustren und liebenswürdigen Fassaden unserer geschätzten Mitmenschen.

Vor einigen Jahren stand ich bei einer Cocktailparty abseits der Plaudereien und unterhielt mich angeregt mit einer sehr intelligenten und liebenswürdigen älteren Dame. Das Gespräch war amüsant und sehr unterhaltsam und schien die Aufmerksamkeit des Gastgebers auf sich zu ziehen. Zitternd vor Angst nahm er mich einen Augenblick zur Seite und meinte flüsternd, ich solle mich vor dieser Dame in Acht nehmen, sie sei hinterlistig und böse, ein echtes Monster.

„Also, ich finde sie wirklich sehr charmant! Kennst du sie denn näher?", fragte ich meinen Freund.

„Sie ist meine Schwester, eine gierige Hexe!“, meinte er. Sein Gesicht errötete vor Wut.

„Wie kannst du nur so gemein über die eigene Schwester reden?“ Ich verstand die Welt nicht mehr.

„Glaube mir, sie ist durch und durch schlecht! Du hast noch nie mit ihr geerbt!“

Seine verstörend ehrliche Ansicht beruhte offensichtlich auf persönlichen Erfahrungswerten, die mir bisher erspart geblieben waren. Beim Erben würden sich die primitivsten Instinkte der Menschen zeigen, erklärte er. Die schwierigsten Tage seien die Zeit zwischen Begräbnis und Testamentseröffnung. In dieser Zeit mutiere der Selbsterhaltungstrieb jedes Menschen in einen rein animalischen Trieb, den des Futterneides. Wenn es ums „Eingemachte“ geht, ginge es immer um Leben und Tod. Zumindest unter jenen, die sich ungerecht behandelt fühlten. Beneidenswert lebe zu diesem Zeitpunkt der Verstorbene selbst, dieser fühle sich bedeutend erlöster. Nach dem Tod sei alles überstanden, weil man sich nicht mehr mit seinen Familienangehörigen herumschlagen müsse. Das würden diese mit hundertprozentiger Sicherheit sowieso tun.

Ein Erbrechtsstreit kennt weder Moral noch Anstand oder gar Trauer über das Dahinscheiden eines lieben Menschen. Jeder kämpft gegen jeden und alle um ihren persönlichen Vorteil. Dabei hängt nach wissenschaftlichen Studien Glück nicht unbedingt von materiellen Besitztümern ab. Schon gar nicht, wenn sie geerbt werden. Die Hinterbliebenen bekommen sozusagen als kleine Abfindung für den schmerzvollen Verlust den sündteuren Perserteppich oder die bescheiden anmutende Perlenkette. Dies könnte nun alle in einen Zustand hellster Freude versetzen. Tut es aber nicht, denn spätestens dann, wenn sich herausstellt, dass der vermeintlich teure Perser ein billiges Urlaubsmitbringsel aus einem türkischen Basar ist und der Wert der Perlenkette in die Tausende geht, spätestens dann werden diese Glücksmomente verdrängt und jede noch so gute Erziehung über Bord geschmissen. Erst der gegenseitige Vergleich erweckt einen höchst unangenehmen Gefühlszustand, den des Neides. Das kann mitunter böse Folgen haben.

Es wird gestritten, bis die Fetzen fliegen, mit mehr oder weniger vollzogenen Tötungsabsichten.

Schon Karl Kraus meinte über dieses überaus unangenehme Verhalten: „Der Teufel ist ein Optimist, wenn er glaubt, dass er die Menschen schlechter machen kann."

Verlassen wir nun, lieber Leserinnen und Leser, den Exkurs aus der Welt der Psychoanalyse und gehen wir wieder in die reale Welt zurück, die noch schlechter ist, als es sich die kühnsten Fantasien zu erträumen getrauen.

Schon zu Lebzeiten der „allseits geliebten Erbtante" hatte Peter, mein Cousin, bei seinen seltenen Besuchen klammheimlich die Henkel ihres geliebten Augarten-Porzellans abgebrochen, wohlwissend, dass seine Schwägerin darauf ein Auge geworfen hatte. Sollte sie einmal in den Genuss kommen, das Geschirr zu erben, dann würde es einfach keinen Wert mehr haben, und diese Schadenfreude befriedigte ihn über alle Maßen. Lieber bekam er weniger vom Kuchen ab, als dass sich seine verhasste Schwägerin über ein vierundzwanzigteiliges Service freuen konnte.

Im Laufe der Jahre hatte es sich zur Tradition, fast schon zum Brauchtum, entwickelt, jede nur erdenkliche Kleinigkeit im Haushalt der Erbtante zu verstecken oder dermaßen zu devastieren, dass niemand mehr etwas damit anfangen konnte. Von den teuren Ohrringen „verschwand" ganz plötzlich einer spurlos, dem Barockbilderrahmen fehlte die vierte Ecke, die Empirelampe leuchtete ohne Messingständer, und die zweireihige Perlenkette konnte nicht mehr getragen werden. Die schöne Art Deco-Schließe war „unauffindbar".

„Schlimm, was Neid und Gier aus Menschen machen", beklagte ich mich bei meinem Mann nach Besuchen bei der Tante. Das hatte sie sich die alte Dame einfach nicht verdient.

Mein geliebter Odysseus und ich gehören von Natur aus zu jener Gattung Menschen, die Gott mit höherer Intelligenz und großer Bescheidenheit ausgestattet hat, zumindest gehen wir oft davon aus. Wir sahen daher nach dem Ableben der kinderlosen Großtante, der Einladung zur Testamentsvollstreckung in der Kanzlei von Dr. Wundsam gelassen entgegen. Wir waren glücklich und zufrieden mit unserem alten, aber ständig renovierungsbedürftigen Landhaus, unseren Kindern und einer langjährigen und trotzdem noch funktionierenden Beziehung. Sollten die anderen doch ums Erbe streiten, uns ging es einfach nichts an.

So saßen wir gleichmütig, weil ohne hohe Erwartung und etwas desinteressiert, in der letzten Reihe des Notariats, um uns herum die aufgeregten Familienmitglieder.

In die Kanzleiräume legte sich drückende Schwüle. Der Sommer war an seinem Höhepunkt angelangt, und auch die Köpfe der Anwesenden fingen unter der Hitze und der in Kürze folgenden Streitereien zu brodeln an. Die hinterhältige Verwandtschaft würde die alte Dame im Nachhinein für unmündig erklären lassen. Da war ich mir ganz sicher. Jeder hätte „doch so viel für sie getan" und überhaupt, man wolle mit dem Geerbten nur Gutes für die Menschheit leisten. Zumindest hatte man vor, das Geld für die humanistische Bildung seiner Nachkömmlinge zu sparen oder es sinnstiftend einer caritativen Einrichtung zu spenden. Eine einzige Heuchelei, von vorne bis hinten!

Wohlwissend, in welche Schlangengrube ich würde treten müssen, hatte ich zu Hause heimlich die doppelte Anzahl als die üblich notwendigen Tropfen Psychopax genommen und diese mit ein paar Gläsern Prosecco hinuntergespült, um jede Form von Aggressivität schon im Keim zu ersticken. Ich gehe lange genug in Psychotherapie, um nicht über meine eigene Triebhaftigkeit und ihre effektive Unterdrückung Bescheid zu wissen. Bei gierigen Menschen sehe ich nämlich rot, und das wollte ich meinem Mann ersparen. Meine Strategie funktionierte, ich wurde immer ruhiger und schläfriger.

Dr. Wundsam öffnete bedeutungsvoll das Kuvert mit dem letzten Willen der Verstorbenen, las die Namen der Anwesenden vor und ihnen stellvertretend auch gleich die Leviten. Die betagte Dame hätte die Familie mit ihren verhaltensauffälligen, kleinwüchsigen Ablegern zeitlebens gehasst, eine gierige und verabscheuungswürdige Meute seien sie gewesen. Niemand hätte sich um sie gekümmert, ständig wäre sie hintergangen worden. Das mit dem Augarten-Service und dem Verschluss der Perlenkette hätte sie im Übrigen immer schon gewusst. Um diesen Zustand leichter ertragen zu können, hätte sie die letzten Jahre eine Demenz vorgetäuscht und heimlich zu trinken begonnen. Nur der Hund, ihr allerbester Freund, wäre ihr treu geblieben. Als sie schriftlich jeden Einzelnen beim Namen ansprach und über den Tod hinaus verfluchte, setzte bei mir die Wirkung des Beruhigungsmittels und des Proseccos ein. Ich entschlummerte friedlich der höchst angespannten Situation bei den Worten des Notars: „Die Villa in Wien Döbling mit all ihren Einrichtungsgegenständen …"

Wie Alice im Wunderland mit blonden Zöpfchen und roten Bäckchen tauchte ich in eine fantastische Welt ab. Ich träumte von meinem geliebten Haus und fand mich dösend auf einer bunten Blumenwiese wieder. Herrlich!

Doch wie ich's mir versah, zupften und kniffen mich lästige Insekten. Sie störten die angenehme Ruhe. Mir war nicht aufgefallen, dass sich meine liebe Verwandtschaft samt Freunden und Bekannten, ehelicher und unehelicher Begleiter wie eine ägyptische Heuschreckenplage über mein Anwesen gelegt hatten. Nichts war ihren gierigen Kauwerkzeugen heilig. Im Nu war meine Küche leergegessen, sogar die Vorratskammer war ihren Fressattacken unschuldig ausgeliefert. Die klotzenden Heuschreckenmännchen stürmten in den Keller und vernichteten meine wohlbehüteten Proseccobestände, während sich in den Kinderzimmern ihre Sprösslinge als dicke fette Raupen breitmachten und meine Kinder attackierten. Als dann noch meine über alles geliebten Hunde, die sich schützend vor mich gestellt hatten, in die Scheune gesperrt wurden, reichte es mir.

Traumwandelnd ging ich in die Küche, holte mein scharfes Küchenmesser und überzeugte meine Schwägerin und ihren Ehemann Karl doch so nett zu sein und mir kurz im Garten bei den Salaten zu helfen. Sie gingen erwartungsvoll mit, mein Gemüse hatten sie zu diesem Zeitpunkt noch nicht entdeckt. Nun wollten sie dort ungeniert meine schönen Paradeiser, Gurken und Karotten verschlingen. Doch dazu kam es nicht, zwei drei kurze Stiche mit dem Messer und *zack*, vorbei war es mit ihnen. Nach getaner Tat verscharrte ich beide im Komposthaufen.

Mit blutigen Händen, aber frischem Salat betrat ich meine Küche und lockte ihre Kinder zur großen Regentonne, wo sie jämmerlich ertranken. Susanna und Berti „kamen in der Scheune zu Sturz", dumm gelaufen, die beiden versenkte ich in der Jauchegrube. Nachdem ich Cousin Peter mit Gerlinde, der Ehefrau meines besten Freundes, beim unzüchtigen Treiben in meinem Bett überrascht hatte, nutzte ich ihren Schreck und erstickte beide sofort mit meinen Pölstern. Die sterblichen Überreste von Peter stopfte ich in einen Plastiksack und ließ sie in die Biotonne des Nachbarn fallen, die kleingeschnittene Gerlinde verbrannte ich in meinem großen Küchenofen.

Onkel Viktor, Sonja und ihr Ex-Mann bekamen auf der Terrasse neben der fantastischen Aussicht auch einen fantastischen Tee, versehen mit ein paar „köstlichen" Tropfen Belladonna. Onkel Konrad hatte es mir leicht gemacht, bei ihm musste ich „nicht selbst Hand anlegen". Er hatte sich aufgrund schwerer Depressionen bereits am Dachboden meines Hauses erhängt. Dort konnte er auch hängen bleiben, ihn musste ich erst bei der nächsten Kehrkontrolle beseitigt haben. Bis dahin war er sicher schon eingetrocknet und um einiges leichter zu entfernen.

Mein Blutrausch war nicht mehr zu bremsen. Endlich war ich sie alle los. Kein Gezänk mehr ums Geld und nie wieder Streitereien in den eigenen vier Wänden!

Mit dem Küchenmesser in der Hand schlich ich durchs Haus und suchte nach weiteren möglichen Opfern, doch es herrschte gähnende Stille. Alle waren von mir „ans Licht geführt worden". Plötzlich hielt ich inne, da atmete doch noch etwas? Ich spürte es genau, ein männliches Wesen im Lehnstuhl. Ich griff nach meinem Messer und wollte sofort zustoßen, als Odysseus meine erhobene Hand von sich wies und mich brutal wachrüttelte. Irritiert und schweißgebadet setzte ich mich in das Lederfauteuil, von dem ich bereits auf den Boden herabgerutscht war. Nach einigen Minuten hatte ich wieder meine Orientierung und auch meine innere Fassung gefunden. „Odysseus, du musst dich von mir trennen!", flüsterte ich meinem Geliebten zu. „Sofort!"

„Warum denn?"

„Weil ich ganz schreckliche kriminelle Energien habe!"

„Das weiß ich doch! Und das seit dreißig Jahren!", flüsterte er lächelnd.

„Nein, ich meine es ernst. Du bist mit einer Mörderin verheiratet!"

„Wieso Mörderin?"

„Ja!", hauchte ich ihm ins Ohr, „Ich hab' sie alle umgebracht!"

„Wen denn?"

„Peter und Gerlinde, Gusti und Berti, Karl und die Kinder. Und weißt du, was am Schlimmsten war? Es hat mir riesen Spaß gemacht!"

„Schatzilein, das liegt am Psychopax in Kombination mit dem Prosecco. Reiß dich bitte zusammen! Du kannst dich später von mir trennen, zuerst wird geerbt!"

Ich riss mich zusammen, rieb mir die Augen und starrte in die feindselige Runde. Verdammt! Alle meine „Lieben" saßen gesund und wohlauf neben mir und erwarteten die letzten Worte des Notars: „… die Villa in Wien Döbling mit all ihren Einrichtungsgegenständen vermache ich dem Wiener Tierschutzverein. Meinen geliebten Dobermann Hasso, den Schmuck und die Sparbücher erhält meine Nichte Katharina.

Sie ist zwar nicht wirklich meine Lieblingsnichte, weil ich sie für einfältig und naiv halte, aber eines kann man ihr nicht absprechen, sie ist tierliebend und anständig. Während Ihr Euch in Eurer Gier ständig übervorteilen wolltet, ist sie frei von jeder aggressiven Triebhaftigkeit, was man bei Euch nicht sagen kann."

Völlig verdutzt über das Gehörte starrten mich die Anwesenden an. Am liebsten hätten sie mich gerädert, erschlagen, ersäuft, erhängt und gevierteilt. Ich spürte förmlich ihre negativen Energien auf meinem Körper und fing mich schrecklich zu fürchten an. Die anderen gingen fast leer aus, sie hatten nichts geerbt. Demütig und dankbar nahm ich das Erbe an, weil mich Gott ja mit großer Bescheidenheit ausgestattet hat.

Vorsorglich rief ich gleich am nächsten Tag eine Security-Firma an. Die Herren haben mir eine höchst effiziente Alarmanlage plus eine Videoüberwachung in meinem Haus installiert. Die Türen sind mit Eisen gesichert, die Fenster mit Holzjalousien verschließbar, und neben meinen beiden gutmütigen Labradorhunden schleicht nun auch Hasso, der bissige Dobermann meiner Tante, in der Nacht ums Haus herum.

Ich weiß nämlich nur allzu gut, zu welchen Mitteln die liebe Verwandtschaft greift, wenn sie sich durch ein Testament unfair behandelt fühlt.

Gier und Neid liegen nämlich in unseren Genen. Leider.

Das „Corona-Wunder“ oder Braunschlag mitten in Wien

Berti, mein allerbester Freund, saß kreidebleich in meiner Küche. Es lag nicht an den Speckknödeln und auch nicht am Sauerkraut, das er zuvor gierig verschlungen hatte. Ihn drückte seine Seele, nicht der Magen. Nach ein zwei Gläsern Rotwein stieg wieder etwas Farbe in sein Gesicht und er sagte: „Katharina, ich bin verzweifelt!“

Was konnte einen „Diener Gottes“, Berti ist von Beruf Mönch und Priester, dermaßen aus der Fassung bringen?

Sofort klopfte ich gedanklich meine Checkliste für „Männer in der Midlifecrisis“ herunter: Gewichtsprobleme? Mit denen hatten nur Frauen meines Alters zu kämpfen. Krankheit? Auch nicht, Berti machte auf mich einen pumperlgesunden Eindruck. Ein mögliches Burn-out? Nein, wie denn? Ein beschaulich lebender Mönch konnte doch in kein Burn-out fallen! Bei drei warmen Mahlzeiten am Tag, fünf Stundengebeten, keinen plärrenden Kindern und ausreichend Schlaf kam diese Möglichkeit nicht in Betracht. Apropos plärrende Kinder. Ein Gedanke durchzuckte mich. Vielleicht hatte mein guter Freund doch nicht so konsequent zölibatär gelebt, wie ich gedacht hatte, und musste nun mit einer ungeplanten Vaterschaft rechnen.

„Du hast mir doch vor ein paar Jahren mit den Finanzen des Ordens geholfen“, riss er mich aus meinen schmutzig-frivolen Gedanken.

„Ja“, sagte ich irritiert, „aber was haben die Finanzen mit deinem Baby zu tun?“ Bei heiklen Fragen gehe ich sofort *in medias res*.

„Ein Baby? Wie kommst du denn darauf?“

„Ach, komm schon, Berti. Männer ab fünfzig golfen, trinken oder haben ein Verhältnis. Logisch, dass ein Mönch, der das Gelübde der Armut abgelegt hat, nicht unbedingt Golf spielt, und Alkoholiker bist du auch keiner. Also sag schon, wen hast du geschwängert?“

Berti ärgerte sich: „Du denkst immer nur an das eine!"

„Stimmt. Weil's bei euch Männern einfach auf der Hand liegt!"

„Eben nicht! Es geht um ein Wunder!"

Jetzt stieß es mir säuerlich auf: „Willst du mir etwa deinen kleinen erotischen Fauxpas als *unbefleckte Empfängnis* unterjubeln?"

Berti sprang wütend auf und rannte in der Küche auf und ab. „Ach, hör doch auf, ich krieg' kein Kind! Ich rede von einem echten Wunder! Es ist erst kürzlich passiert, und mein Orden weiß sich keinen Rat. Da dachte ich, ich muss mit dir darüber reden, du bist in diesen Dingen origineller als ich."

„Ein Wunder? Bitte erzähle, du machst mich schrecklich neugierig!"

„Gut, aber bitte versprich mir bei der heiligen Jungfrau Maria, dass du darüber schweigst! Es könnte sonst passieren, dass diese Geschichte zu einem zweiten *Braunschlag* wird!"

Meine Neugierde war kaum zu unterdrücken, ich hätte auf alles geschworen, auf die Jungfräulichkeit Marias oder auf „die meinige", ja sogar auf meine geliebten Proseccobestände. Alles hätte ich versprochen. Ich fragte sensationslüstern weiter: „*Braunschlag*? Ist euch etwa die Mutter Gottes erschienen?"

„Nein, viel schlimmer!"

Berti setzte sich wieder an den Tisch und schenkte sich ein weiteres Glas Rotwein ein, dann fing er mit seinen Erzählungen an: „Du kennst doch die finanziell triste Lage des Ordens aus unseren Büchern."

„Die triste Lage ist eine nette Umschreibung für eine mittlere Katastrophe, denn von Betriebswirtschaftslehre oder einer doppelten Buchführung habt ihr echt keine Ahnung! Ihr konntet ja nicht einmal Aktiva von Passiva unterscheiden. Das war das reinste Desaster! Gott, war ich froh, dass ich diesen Job losgeworden bin, ich stand bei eurer Finanzgebarung mit einem Fuß im Kriminal."

„Und ich mittlerweile im Grab."

„Im Grab, wieso?"

„Ja, im Grab. Wir müssen einen Toten loswerden!"

„Einen Toten loswerden? Um Gottes willen, habt ihr den Bischof abgemurkst? Gut, ich gebe zu, diese sogenannten Exzellenzen in der Diözese gehen mir auch schrecklich auf die Nerven, aber gleich umbringen? Berti, das ist doch keine Lösung!"

Wie sehr man sich doch in seinem Freund irren kann, dachte ich in diesem Moment. Alles hätte ich ihm zugetraut, Alkohol und auch ein Verhältnis, sogar Golfspielen, aber einen Mord?

Berti überhörte meinen Einwurf: „Bitte, lass mich weiterreden! Nicht nur unsere Gesellschaft, auch der Orden leidet unter der Wirtschaftskrise, die sich durch die Corona-Pandemie dramatisch verschlimmert hat."

„Papperlapapp, Corona-Krise, ihr leidet seit Jahren unter einer Glaubenskrise, guter Freund! Und zwar selbstverschuldet!", unterbrach ich ihn wieder.

Berti wurde immer nervöser. „Ist ja wurscht!", schrie er mich an, „Krise ist Krise, selbstverschuldet oder nicht. Das hat doch den gleichen Effekt. Kein Geld in der Kassa. Unsere Kirchen werden immer leerer und verwaisen. Mit den neuen Hygiene-Schutzbestimmungen geht es noch schneller. Bei einem Abstand von zehn Quadratmetern kriegc ich in meine Kirche maximal dreißig Leute hinein. Was glaubst du, wie sich das im Klingelbeutel niederschlägt, ein paar läppische Euros. Und mit einer Handvoll Taufen, Begräbnissen und Hochzeiten können wir uns finanziell nicht mehr über Wasser halten. Da machen wir keinen Umsatz, wenn, Corona-bedingt, nur zwanzig Personen daran teilnehmen dürfen. Aber nicht nur das. Der Reinigungsdienst verabschiedet sich, die Blumenhändler schicken keine Blumen, und der Verputz bröckelt leise und unaufhörlich vom Gemäuer. Sogar der Organist hat gekündigt, nachdem wir ihm zwei Monatsgehälter schuldig geblieben sind. Wir ernähren uns nur noch von Nudeln und Reis. Bald werden wir den Kirchturmtauben das Futter wegfressen." Der Ärmste atmete tief durch, die Situation war wirklich schwierig, aber nicht unlösbar.

„Ich habe eine Idee! Verkauft ein paar goldene Kelche oder Messgewänder! Die Apostel vor zweitausend Jahren sind auch nicht in goldbestickten Klamotten herumgelaufen. Außerdem würde es euch nicht schaden, wieder ein echter Bettelorden zu werden."

„Wir wollten einige Stücke verkaufen, glaube mir, aber der Generalvikar der Diözese war dagegen. So setzten wir uns im Kollegium zusammen und berieten unsere trostlose Situation." Berti hielt kurz inne und starrte in sein Rotweinglas.

Also hatten die Mönche vielleicht doch einige goldene Prunkstücke illegal verkauft und vorher den Generalvikar ermordet, damit der Deal nicht aufflog. Mein Freund verneinte aber kopfschüttelnd!

„Ihr hättet aus eurem Pfarramt neben der Kirche, das wirklich eine teure Immobilie in bester Lage Wiens ist, einfach ein Puff machen sollen. Das habe ich dir schon vor Corona geraten. Die Welt verändert sich, ein Wirtshaus oder ein Puff sind aber krisenresistent." Daraufhin hob ich mein Weinglas und sang: „Weil saufen und schnackseln tuan de Leut', des mocht a Freud'."

Mein Freund kicherte, „Lustig, das reimt sich ja, ist das von Nestroy?"

„Nein, leider, das ist von mir. Aber zurück zu den Finanzsorgen, ein Puff ist unkompliziert und lukrativ", wollte ich ihn mit ein paar Zahlen und Fakten überzeugen. Außerdem wäre es kein schmutziges Geschäft. Als ich bei meinem Redeschwall bei den Vatikanischen Machenschaften mit der Mafia und dem Banko Ambrosiano angelangt war, stoppte mich Berti.

„Bitte hör auf, mich zu frotzeln, es ist wirklich eine schwierige Situation, noch dazu mit diesem depperten Wunder!" Berti trank wieder einen großen Schluck. „Bitte lass mich fertig erzählen. Wir saßen zusammen, Abt Bonifacius, Pater Anselm, Bruder Blasius und ich, und wir diskutierten die weitere Vorgangsweise. Monate zuvor hatte der gesamte Konvent intensiv zu Gott um eine Marienerscheinung gebetet, weil so ein Wallfahrtsort zugegebenermaßen eine Goldgrube ist, noch dazu mitten in Wien, und das nach einer derartigen Seuche. Nichts kam, keine Erscheinung der Mutter Gottes, kein Blutwunder und auch kein tränendes Jesuskind. Ein Jammer. Auch das zugesagte Erbe der verwitweten Hofrätin im Haus vis-à-vis löste sich in Rauch auf. Unser Kloster an Studenten zu vermieten, stieß auch auf keine große Resonanz. Ganz im Gegenteil. Pater Anselm und Bruder Celestin hätten zu den unbeschuhten Karmeliterinnen nach Tirol ziehen müssen. Da legten sie sich aus Protest lieber auf die Gleise der ÖBB, um diesem Frauenorden zu entkommen, gestanden sie unter Tränen. Den Orden ganz aufzulösen? Da dachte ich an dich und an deine vor Jahren geäußerte Idee, die Krypta der Kirche anderwärtig zu verwenden."

„Also doch ein Puff. Und das in der Krypta? Berti, du Schweinderl!", jubelte ich und kniff ihn in die Wange.

„Aber nein, kein Puff! Aus der Krypta sollte eine exklusive Urnengräberstätte werden. Wir beschlossen, die sterblichen Überreste unserer Mitbrüder aus der Krypta zu entfernen. Die Knochen der fünfzig Mönche legten wir in einen Sarg und begruben diesen dann am Sieveringer Friedhof. Die leeren Marmorgrabstätten boten nun Platz für vier bis sechs Urnengräber. Bei fünfzig vorhandenen Grabstätten ergäbe das mindestens dreihundert Urnen. Den Preis für ein Urnengrab in unserer Kirche mitten in Wien kannst du dir ja vorstellen. Wir hätten mit unserem Plan finanziell ausgesorgt."

Ich fing zu rechnen an, fünfzig Gräber mal sechs Urnen, mal zweitausend Euro Bestattungskosten, mal tausendfünfhundert Euro Miete per anno, und das auf durchschnittlich zwanzig Jahre, ergäben ..., abgezinst bei einer Sekundarmarktrendite von 0,25 Prozent, minus Inflationsrate und kleineren Umbauarbeiten ... unglaubliche ...

„... Berti, ich lasse mich scheiden! Heirate mich, du bist ein Finanzgenie!"

Das erste Mal lächelte mein Freund. „Jetzt plötzlich, weil du den Geldregen riechst? Sicher nicht!"

„Dann eben nicht!", maulte ich ihn an. „Berti, erzähl jetzt nicht so lange um den heißen Brei herum. Das ist ja zum wahnsinnig Werden! Wann kommt jetzt endlich der Tote ins Spiel?"

„Gleich! Sei nicht so ungeduldig!"

Ungeduldig war kein Ausdruck, ich platzte förmlich vor Neugier!

„Frohen Mutes fingen wir mit der Planung an. Du glaubst ja gar nicht, welche Lawine an Behörden an unserem Projekt mitpartizipierte. Zuerst der Architekt, dann diverse Baumeisterbüros, wir brauchten schließlich die Genehmigung des städtischen Bauamtes, die Bewilligung durch die Diözese und die Genehmigung zur Exhumierung der Mitbrüder und zur Überstellung auf einen anderen Friedhof. Ferner waren da die Umwidmungsverfahren einer bestehenden Leichenhalle in eine Urnengrabstätte. Dann benötigten wir noch einen staatlich beeidigten Tatortreiniger, um die Krypta nach den neuesten Hygienestandards säubern zu lassen. Ich schrammte an einem Burn-out vorbei. Du warst mir in dieser schwierigen Zeit immer ein großes Vorbild. Vier Kinder, Schule, Haus-umbau, viele Tiere und einem Mann, der selten zu Hause ist. Da ging es mir als Mönch um Klassen besser, so hielt ich durch!"

Ich war geschmeichelt und prostete ihm mit meinem Weinglas zu, endlich hatte jemand den Wert meiner Leistungen anerkannt. „Dann ist ja ohnehin alles perfekt. Ihr habt nun alle Bewilligungen für euer Projekt und eine lukrative Einnahmequelle auf Jahre. Wo liegt nun das Problem?"

Meine Stimme zitterte vor Erregung. Berti konnte jedoch nichts aus der Ruhe bringen. Gut, dass mein Freund weder eine Frau noch Sex hatte, der Mann fand einfach kein Ende, was mich rasend machte.

„Katharina, ich glaube Gott ist ein Sadist. Er erhörte unsere Gebete und schickte uns tatsächlich ein Wunder!"

Jetzt reichte es mir. Ich stand auf und drohte Berti zu anderen, gewalttätigeren Mitteln zu greifen, wenn er nicht endlich mit dem versprochenen Wunder aufwartete. Meinen Griff in die Tischlade, um mir ein Messer zu holen, überzeugte ihn, obwohl ich mir nur ein Stück Käse abschneiden wollte.

„Das Wunder ist ein Toter! Es ist schrecklich! Kannst du dich noch an den alten Pater Bartholomäus erinnern?"

Ich senkte das Messer. „Oh Gott, ja natürlich. Der grimmig böse Mensch, der seine düsteren Messen in der Nacht vorkonziliär und daher heimlich und ganz alleine gefeiert hat? Der, der mich einmal aus dem Kloster geschmissen hat, weil ich als Frau eine ständige Versuchung des Satans sei? Pater Bartholomäus ist doch schon seit fünfzehn Jahren tot und schmort hoffentlich in der Hölle!"

„Eben nicht! Leider! Bei der Öffnung der Marmorsärge waren alle Mitbrüder, so wie es sich gehört, zu Knochen und Staub zerfallen. Nur Pater Bartholomäus nicht. Er lag rosig wie ein Kind mit einem teuflischen Grinsen auf den Lippen in seiner Nische, gänzlich unverwest."

„Pfui, ist das gruselig!"

„Siehst du, es gibt auch gruselige Wunder. Wunder, die man sich gar nicht wünscht. Wir haben den Umbau fast fertig. Die ersten Urnenbestattungen sind schon angemeldet und finden in den nächsten Wochen statt. Und nun macht uns dieser teuflische Bartholomäus einen Strich durch die Rechnung: Er will einfach nicht verwesen! Wir haben die Verpflichtung, solche Mirakel an die Diözese zu melden. Stell dir nur vor, der wird wirklich als Wunder qualifiziert, dann fangen die vielleicht mit einem Seligsprechungsprozess an und stoppen den gesamten Umbau. Unseren schönen Plan mit den Urnen können wir dann vergessen!" Bertis Stimme fing wieder zu zittern an. „Was sollen wir nur mit der Leiche tun?"

„Das fragst du mich?" Was sich Gott wohl bei dieser Art von Wunder gedacht hat? Nichts? Dann wäre er Atheist. Und wenn doch? Dann wäre er im Fall von Pater Bartholomäus ein Humorist oder Zyniker. In mir fing sich alles zu drehen an. „Und wo ist nun der Leichnam, der nicht verwesen will?"

„Den Toten haben wir in den großen Gefrierschrank unserer Haushälterin gelegt. Die ist gerade auf Urlaub."

„Aber warum stellt ihr ihn nicht in einer Glasvitrine in der Kirche aus, als Vollkörperreliquie sozusagen? Dann habt ihr zwei Fliegen auf einen Schlag. Die Urnengräber in der Krypta rennen finanziell super und dazu gibt's den „wundertätigen Barthel" in der Kirche zum Anschauen gratis dazu. Ich sag dir was, da „rennt der Rubel", und zwar intensiver als im Museum bei den *Körperwelten.*"

„Das funktioniert beim Bartholomäus nicht. Auch die Mitbrüder wollen ihn irgendwie loswerden. Die Frage ist nur wie?"

Das „Barthel –Wunder" war wirklich ein Problem. Wir nahmen uns einen Zettel und fingen mit einer Brainstormingrunde an, was in Anbetracht des vorgerückten Abends und den Unmengen an Alkohol nicht wirklich zielführend war:

Möglichkeit 1: Das Barthel-Wunder konnte heimlich verbrannt und die erste Urne bei den Einweihungsfeierlichkeiten werden.

Dies schien uns beiden zu geschmacklos zu sein und entsprach auch nicht den Wünschen der Mitbrüder.

Möglichkeit 2: Das Barthel-Wunder sollte weiterhin in der Tiefkühltruhe bleiben.

Dann musste sich ein Eingeweihter ständig um entsprechende Kühlung kümmern. Ging nicht. Zu zeitaufwändig, zu kostspielig und zu personalintensiv.

Möglichkeit 3: Das Barthel-Wunder sollte aufgetaut und zu Hundefutter verarbeitet werden. Ich war mir sicher, der tote Pater Bartholomäus hätte sich in Anbetracht seiner zukünftigen Verwendung in Luft aufgelöst. Das Problem war nur, ich konnte mir am Küchentisch neben meinen Kindern keine aufgetaute Leiche leisten und hätte damit einen unangenehmen Erklärungsnotstand.

Auch diese Möglichkeit wischten wir beide, bereits ziemlich durch den Rotwein illuminiert, vom Tisch. „Aber geschmeckt hätte er sicher! Zumindest meinen Hunden!", lachte ich. Plötzlich durchrieselte mich ein warmes Gefühl. Ich weiß nicht, ob es am Alkohol lag oder ob einfach Gott zu mir sprach. Ich hatte die Lösung für Bertis Problem.

„Ich hab's! Der Tote wird einfach feinsäuberlich zerlegt und als Reliquie verteilt! Wir Katholiken haben doch in derlei Angelegenheiten große Erfahrung! Schenkt den Pater Bartholomäus, weidmännisch in kleine Stückchen zerlegt, als Hand-, Fuß-, oder Kopfreliquie an eure Mitbrüder und Mitschwestern, an die Franziskaner, an die Klarissinnen oder an die Dominikaner. Dann haben alle was davon. Die einzelnen Ordenshäuser und Kirchen werden sich darüber sicher freuen, weil sie *ihre Heiligen* ausstellen können. Und Pater Bartholomäus, in kleine Stückchen zerlegt, kann einmal etwas Sinnvolles für seine Mitmenschen tun, zwar nur als Reliquie, aber immerhin."

Berti erstarrte und ich fuhr fort: „Das Rad muss ja nicht neu erfunden werden! Denk doch an deinen Ordensgründer, den heiligen Franz von Sales. Seine Zunge ist in einem Schrein in der Kirche von Avignon, das Herz in Treviso, und der Rest liegt irgendwo in Frankreich, Deutschland und Österreich verteilt."

Dieses Argument leuchtete meinem Freund ein, seine Augen fingen langsam zu funkeln an. Wir tranken an diesem Abend unsere Gläser leer, und Berti schien sichtlich erleichtert zu sein.

Wie die ganze Sache mit dem „Barthel-Wunder" ausgegangen ist, entzieht sich meiner Kenntnis. Außerdem wird über wunderliche Dinge in katholischen Kreisen sehr diskret und eher ungern gesprochen. Ich weiß aber sehr wohl, dass Berti ein Freund stabiler, sozialer Netzwerke ist, was in Kirchenkreisen überaus wichtig ist. Durch seine fundierten kirchengeschichtlichen und theologischen Kenntnisse kann er jeden Forensiker in die Irre führen. Und ich für meinen Teil schweige wie ein Grab.

Vor einiger Zeit las ich dann in einer kleinformatigen österreichischen Zeitung, dass sich die unbeschuhten Karmelitinnen über eine Handreliquie ihrer Gründerin freuen können, die ein großzügiges Geschenk der Diözese anlässlich des sechshundertjährigen Bestehens des Ordens ist. Unter der Hand wurden in den Folgemonaten die Franziskaner mit den Rippen des Heiligen Franz von Assisi beschenkt, die Benediktiner mit beiden Unterschenkeln ihres Ordensgründers Benedikt von Nursia bedacht, und die Zisterzienser können sich über das linke Schulterblatt und den rechten Unterarm von Bernhard von Clairvaux freuen.

Am Schwarzmarkt werden seit Neuestem auch winzigkleine Haut- und Fleischreliquien der heiligen Corona in wunderschön verarbeiteten kleinen Goldmedaillons gehandelt. Ich spüre, dass auch hier Berti und Pater Bartholomäus im wahrsten Sinne des Wortes ihre Finger im Spiel haben. Die Corona-Thaler, wie sie von der Bevölkerung liebevoll genannt werden, finden reißenden Absatz, denn die heilige Corona lebte um 160 nach Christus und wird als Märtyrerin und als Schutzpatronin gegen Seuchen – ursprünglich Patronin der Fleischhauer und der Schatzsucher (sic!) – verehrt.

Nach der großen Pandemie, schrieb die Zeitung, suchten die Menschen geradezu nach spirituellen Strohhalmen, um nicht unterzugehen. Dass die Menschen dabei ein Stückchen vom Barthel in ihren Taschen herumtragen, stört offensichtlich niemanden. Ich freute mich beim Lesen der Zeitung, weil ich wusste, dass Berti meine Anregungen sofort in die Tat umgesetzt hatte. Wohin die anderen Reliquienteile „verschenkt" wurden, werde ich sicher in den nächsten Monaten erfahren.

Zur Eröffnung der Urnengrabstätte in der Krypta der Kirche wurde ich natürlich als Freundin des Hauses und Ehrengast eingeladen. Als mir Berti als kleines Dankeschön für meinen hilfreichen Denkanstoß eine Reliquie in Form einer Haarlocke des heiligen Franz von Sales anbot, lehnte ich jedoch dankend ab, auch wenn Letzterer der Schutzpatron der Journalisten und Schriftsteller ist.

Ich glaube nämlich nicht an Wunder, und unappetitlich ist es auch.

Das Jüngste Gericht

Während ich friedlich einschlummerte, hörte ich noch von Weitem einen langen, markdurchdringenden Dauerton. Die Nulllinie. Es handelte sich dabei offensichtlich um meinen eigenen Exitus. Na wunderbar, dachte ich, jetzt würde ich mich gleich an die Decke des Zimmers erheben oder durch einen dunklen Tunnel in ein hellgleisendes Licht schweben. Doch nichts erschien. Kein Tunnel, kein Licht.

Ich konnte diesen schwerelosen Zustand zwischen Diesseits und Jenseits gar nicht recht genießen. Irgendetwas fehlte. Vielleicht mein Schutzengel oder irgendein Bote Gottes, der mich ins Licht und in späterer Folge ins Paradies führen würde? Typisch, da hatte ich mein ganzes Leben brav und fleißig meine Kirchenbeiträge gezahlt, und nun ließ mich diese Camorra von römischer Kurie im Himmel einfach hängen. Das durfte einfach nicht wahr sein!

Noch bevor ich mich darüber aufregen konnte, biss mich etwas in die Kniekehle. Es war ein kleines pummeliges Hündchen, das aufgeregt an meinen Beinen schnupperte.

„Ach, du bist ja süß!“, meinte ich und versuchte, das Hündchen zu streicheln.

„Ich bin nicht süß, blöde Kuh!“, knurrte es verächtlich.

Völlig irritiert starrte ich das kleine Wesen an meinen Beinen an. „Wie bitte?“

„Ich bin Cerberus, der Höllenhund!“, plusterte sich das Hündchen auf. Cerberus? Den hatte ich mir eigentlich ganz anders vorgestellt. Soviel ich noch aus meinem Philosophieunterricht wusste, musste der doch gewaltig groß, kräftig und furchteinflößend sein, und nun stand ein kleiner niedlicher Rattler vor mir, wie ihn Prostituierte im Wiener Prater gerne als Handtaschenersatz tragen.

„Schau mich nicht so deppert an! Ich bin der Hüter und Bewacher der Unterwelt!“ Boshaft starrte mich das Untier an, seine Augen funkelten gehässig.

„Verzeih mir bitte die Frage", meinte ich kopfschüttelnd, „ich habe mir dich ganz anders vorgestellt."

„Das meinen viele, scheiß griechische Mythologie! Früher war ich viel größer und mächtiger, nur die Leut' unten auf der Erde glauben nicht mehr an mich, und so schrumpfe ich seit Jahrhunderten wie ein Ballon, dem die Luft ausgeht! Aber bewachen tu' ich sie immer noch, die Unterwelt. Keiner kommt leicht rein, und niemand wieder raus!"

„Ach so. Und wie machst du das, wenn ich fragen darf? Du stellst ja für die Verstorbenen nicht wirklich eine Bedrohung dar, oder?"

„Hör auf, dich über mich lustig zu machen! Ich tue das mit meinem Mundgeruch. Der ist so ekelig, dass niemand an mir vorbeikommt. Also bitte unterlasse es, mich zu liebkosen oder zu drücken! Dir würde schlecht werden!"

Ich roch an dem Tier und unterließ es auch sogleich. Es stank bestialisch. Nach ein paar kräftigen Atemzügen forderte ich meinen kleinen Freund auf, mich ins Jenseits zu begleiten, was er dann freundlicherweise auch tat. Wir gingen ungefähr eine halbe Stunde schweigend durch die Dunkelheit, bis wir an einem großen hölzernen Tor angelangt waren. Cerbi, wie ich meinen kleinen Begleiter zärtlich ansprach, blieb stehen und meinte trocken: „So, wir sind da!"

„Ach, und wo sind wir?"

„Im himmlischen Paradies, du dumme Nuss, was glaubst du denn?"

„Gut, Cerbi, und was soll ich jetzt machen?"

Aufgeregt sprang der kleine Schlingel wieder um meine Beine. „Du musst jetzt an die Türe pochen!"

„Würden da nicht zwei griechische Münzen genügen, um hineinzukommen?"

„Bist du Griechin?"

„Nein, Katholikin!"

„Eben, dann wird's nach diesem Ritus gemacht. Also, Klappe halten und klopfen!"

Ich pochte an dem Tor.

Keine Antwort.

„Und? Es hört mich offensichtlich niemand. Wissen die überhaupt, dass ich komme?", fragte ich meinen kleinen Begleiter.

„Garantiert! Probiere es noch einmal!"

Ich klopfte wieder. Von Ferne hörte ich hinter der Türe jemanden heranschlürfen, eine männliche Stimme fragte: „Wer begehret Einlass?"

Ich stand desorientiert vor meinem Freund und schaute ihn fragend an. Cerbi wedelte mit dem Schwanz und bemerkte mit stoischer Gelassenheit, die Kompliziertheit der Österreicher setze sich eben auch im Himmel fort. Ich möge meine Daten bekanntgeben, die Türe würde sicher sofort geöffnet werden.

„Ich bin es. Frau Magistra – *gegendert* wird im Himmel hoffentlich auch – Katharina Grabner-Hayden, Schriftstellerin und Bestsellerautorin!"

Cerberus biss mich wieder ins Knie. „Verlogenes Weibsstück, Bestsellerautorin? Dass ich nicht lache!"

„Halt endlich deine Schnauze!", fauchte ich Cerbi an. Bestsellerautorin klang gut und verschaffte mir sicher Einlass, ich redete weiter: „Ich bin Mutter von vier Kindern, glücklich verheiratet und das seit mehr als dreißig Jahren, Besitzerin eines großen Hauses und Gründerin eines Biobauernhofes, daneben noch Pfarrgemeinderätin und im Vorstand der niederösterreichischen ÖVP!" Beim letzten Argument, so dachte ich zu diesem Zeitpunkt, würde mir jedes Tor geöffnet werden. Sogar das himmlische. Ich irrte gewaltig.

„Wir kennen Sie nicht!", war die schroffe Antwort hinter der Türe, was mich entrüstete.

„Was heißt, die kennen mich nicht? Cerbi, was soll das?"

Cerberus schien die Situation sehr unangenehm zu sein. Er überzeugte mich aber trotzdem mitzumachen, die hinter der Türe, so seine Überredungskünste, seien eben ein wenig komisch. Früher hätte man ohne Formalitäten einfach Einlass erhalten, und nun spielte die himmlische Gesellschaft eben gerne das Spiel mit der Kaiserin Maria Theresia. „Das haben die verstorbenen Habsburger vor der Kapuzinergruft auch sagen müssen, also zier dich nicht und spiele einfach mit!“, überzeugte er mich.

„Cerbi, da wären mir die zwei griechischen Münzen auf den Augen viel lieber gewesen, außerdem bin ich keine Habsburgerin!“

Obwohl meine Ähnlichkeit mit der Kaiserin, zumindest was die Figur betraf, nicht ganz von der Hand zu weisen war.

„Das ist doch völlig wurscht, also mach keinen Aufstand!“

Die Stimme hinter der Türe wurde ungeduldig, sie fragte zum zweiten Mal: „Wer begehret Einlass?“

Gut, ich versuchte mich kürzer zu fassen: „Katharina Grabner-Hayden, Katholikin, Mutter, eine geduldige und treue Ehefrau!“ Das sollte eigentlich genügen.

„Wir kennen Sie nicht!“, war erneut die abweisende Antwort.

Jetzt wurde es mir zu dumm. Was wollten die hinter der Türe eigentlich von mir hören? Es war tatsächlich einfacher als militanter Salafist in die Europäische Union zu gelangen, als als Katholikin ins Paradies.

„Wie geht's jetzt weiter?“, fragte ich Cerberus genervt.

Cerbi erklärte es mir: Ich solle den Vornamen nennen und dazu sagen: „Ein sterblicher und sündiger Mensch!“

„Nein, das tue ich nicht! Ich bin kein sündiger Mensch!“

„Nicht?“ Cerbi kugelte sich auf dem Boden und bekam einen Lachanfall.

„Nein, du dummer Hund! Ich habe meine Sünden bereits im Leben abgebüßt, nach vier Geburten, Pubertätsnotständen, unzähligen Sprechstunden und Streitereien mit Pädagogen, diversen Ehekrisen und einem inkontinenten Hund ist meine Seele blütenweiß! Ich trage aus Prinzip kein Büßerhemd!“

Kaum hatte ich den Satz zu Ende gesprochen, hatte ich auch schon diesen weißen Fetzen an.

„Warum ihr Weiber immer solche Probleme machen müsst! Gut, dann rede ich eben für dich!" Cerbi stellte sich auf die Hinterläufe und klopfte mit seiner Pfote an die Türe.

„Wer begehret Einlass?", fragte die Stimme zum dritten Mal.

Cerberus verstellte seine Stimme: „Ich, Katharina, ein sterblicher und sündiger Mensch!" Sofort öffnete sich das Tor und ich konnte mit dem Höllenhund das Paradies betreten.

Vor meinen Augen und im warmen Sommerlicht breitete sich ein riesiger Marktplatz aus. Hunderte kleinere und größere Stände boten ihre bunten Waren feil. Ein wunderlicher mediterraner Basar. Mein erster Blick traf ein nacktes Paar, das nur mit einem Feigenblatt bekleidet war, offensichtlich Adam und Eva. Vor dem Stand spielten in friedlicher Eintracht Kain und Abel mit einer Schlange. Als ich mich dem Paar interessiert näherte, bot mir die hübsche Eva einen schönen roten Apfel an, den ich dankend annahm.

„Aber nur anschauen!", warnte mich Cerberus. „Nicht reinbeißen! Das Luder probiert den Trick bei jedem Neuankömmling. Wenn du davon kostest, schmeißen sie dich sofort wieder aus dem Paradies!"

Ich steckte den Apfel in meine Büßerhemdtasche und ging frohlockend weiter. Genauso hatte ich mir den Himmel vorgestellt! Glückliche Menschen, seliger Frieden und überall, wohin ich auch schaute, gelebte Biodiversität!

„Cerbi, das ist ja nicht zu fassen!", jubelte ich, neben mir trottete der Höllenhund. Hunderte weißgekleidete Menschen flanierten auf dem Platz, kauften einmal hie und da eine Kleinigkeit, um zum nächsten Stand zu gehen und dort angeregt zu plaudern und zu lachen, die Epikureer mit den Stoikern und die Trojaner mit den Griechen. Cerbi knurrte verächtlich.

„Was hast du denn, mein Lieber? Es ist wunderschön und so friedlich hier!", meinte ich und ging auf einen älteren Mann zu, der gerade an einem brennenden Dornbusch einen Widder grillte, der dabei noch sang! Ein kleiner Bub saß daneben und spielte im Sand.

„Cerberus, schau! Das ist Abraham mit dem kleinen Isaak, wie goldig!"

Ich wollte dem biblischen Vater gerade meine Aufwartung machen, als mich der Hund zur Seite drückte. „Nicht! Wenn du dich mit dem einlässt, dann kommst du nicht mehr aus seinen Fängen! Der redet und redet und hört nicht mehr auf. Außerdem säuft der wie ein Loch! Komm, wir müssen weitergehen. Hier ist erst die Sektion *Altes Testament*!

Meine Augen konnten sich an der Fülle des Dargebotenen gar nicht satt sehen. Einmal ließ ich mir einen ägyptischen Skarabäus umhängen, dann offerierte mir eine indische Göttin wohlriechende Kräuter. Cerberus schob und drückte mich trotzdem durch die Menschenmenge. Das göttliche Paradies unterliege einer streng hierarchischen Ordnung, erklärte mein Begleiter, wie eben auch auf der Erde. „Du musst dir den Himmel wie ein österreichisches Ministerium vorstellen: Sektion 1: Altes Testament, Sektion 2: Weltreligionen und Sektion 3: alle anderen Irren. Du bist für die dritte Sektion eingeteilt, weil die anderen beiden völlig überlaufen sind."

Cerberus Erklärungen tangierten mich nicht, mir war es egal, wo ich meine letzte Bleibe finden würde, es war ohnedies überall paradiesisch schön.

Wir gingen weiter, vorbei an marktschreierischen zweiundsiebzig vollverschleierten Jungfern, die gierig nach islamistischen Kämpfern Ausschau hielten, und an einem Rabbi, der mit Steinen an seiner himmlischen Klagemauer arbeitete. Jesus und Pilatus saßen mit den Verbrechern der Kreuzigungsgruppe in einer Ecke und rauchten genüsslich einen Joint. Ich wollte mich gerade bei ihnen niederlassen, immerhin war ich in meinem Leben nie in diesen Genuss gekommen, als mich Cerberus weiterzog. „Jetzt komm schon, geh weiter!", knurrte er wieder.

Ich folgte ihm geduldig. Immer öfter trafen mich nun jedoch neben freundlich nickenden Gesichtern auch einige Augenpaare, die mir besorgt und fast schon tröstend nachblickten. Die dritte Sektion musste etwas ganz Besonderes sein. Mir wurde mulmig zumute. Die Gegend wurde immer düsterer und unheimlicher. Zombieähnliche Gestalten schwebten grußlos an uns vorbei, einige aufgeregte und sichtlich gestresste Mountainbiker brüllten uns an, wir sollten den Weg frei machen. Dann stürzten sie sich wie Lemminge über die Felswände hinab. Überall standen Sportgeräte herum, an denen Menschen keuchend und schwerfällig ihre Turnübungen machen mussten. Der Erzengel Michael klopfte mit seinem Schwert den Takt und forderte mich dazu auf, mich auf ein Ergometer zu setzen. Ich war in Sektion 3 angelangt: alle übrigen Irren.

Cerberus lachte: „Hier bist du richtig!"

Um Gottes willen! Als ich mich aus den Fängen des Höllenhundes befreien wollte, stieg ich unabsichtlich in die Schüssel eines Veganers, der gerade auf dem Boden nach Körnern und allerlei Samen suchte. Böse schrie mich das dünnhäutige Gerippe an: „Typisch Fleischfresser, ihr habt vor nichts Respekt!"

Entschuldigend warf ich mich auf den Boden und half ihm, sein „opulentes" Mahl wieder einzusammeln.

„Verpiss dich!", fauchte er mich an und verschlang gierig seine Körner.

Um mich fing sich alles zu drehen an. Wohin ich auch starrte, war ich von streitenden und keifenden Individualisten umgeben, von Opernballdemonstranten, Pegida-Anhängern, Staatsverweigerern, Fruganern, Esoterikern und sogar von katholischen Religionspädagogen. Als ich in der Ferne auch meinen Psychotherapeuten erblickte, der gerade zärtlich sein Spiegelbild liebkoste, setzte ich mich auf einen Stein und fing zu heulen an.

Cerberus lachte. „Siehst du, meine Liebe, jetzt verstehst du, warum ich Höllenhund heiße! Die Sektion 3 ist die beste Abteilung im Paradies, ein areligiöser und undemokratischer Haufen von Verrückten! Aber ich liebe euch!"

„Und wo ist Gott?", fragte ich ängstlich nach. Es konnte doch nicht sein, dass der Allmächtige dieses religiöse Chaos zuließ.

„Gott ist ein Hirngespinst, das es gar nicht gibt. Er ist eine Illusion, eine Idee, die geschaffen wurde, um Gesetz und Ordnung zu rechtfertigen. Denn wenn es ihn gäbe, wäre er hier ganz bestimmt nicht zu finden, du dumme Nuss! So, und nun bist du hier und kommst nicht mehr zurück! Blöd gelaufen, wenn du mich fragst!"

Cerbi schlug mit den Vorderpfoten auf den Boden und krümmte sich vor Lachen. Mir war das Lachen vergangen. Verzweifelt straffte ich mein weißes Büßerhemd und griff unvermutet nach dem Apfel, den mir die schöne Eva bei meiner Ankunft gegeben hatte. Ich nahm die verführerische Frucht aus meiner Tasche und hob sie Richtung Himmel. Nun war der richtige Zeitpunkt gekommen, ihn zu kosten. Es musste Gott geben, dachte ich trotzig, denn warum hätte er mir sonst Erkenntnis gegeben? Der Apfel bedeutete meine Fahrkarte in die Freiheit.

Cerberus ahnte Böses und versuchte, mich davon abzuhalten, an der Frucht zu naschen. Ich lachte ihn aus: „Deppert gelaufen, Cerbi, du wirst weiterhin ein lieber kleiner Luftballon bleiben und in Zukunft weiterschrumpfen, weil niemand an dich glaubt!"

Gierig biss ich in meinen Apfel und schrie mit vollem Mund: „Jetzt schmeißt mich doch endlich aus dem Paradies!"

Kaum hatte ich den Bissen geschluckt, trat ich auch schon wieder in die ewige Dunkelheit ein. Nach ein paar endlos scheinenden Minuten hörte ich das monotone Piepsen der Beatmungsmaschine. Ich öffnete vorsichtig die Augen und sah in das freundliche Gesicht eines jungen Arztes. „Alles gut überstanden! Die Darmspiegelung war ein Klacks für uns!"

Ich atmete tief durch und fiel erleichtert in die Pölster zurück. Mein Mann hatte die ganze Zeit neben mir gestanden und umarmte mich. „Und, war es sehr schlimm?"

„Ja, es war schrecklich! Ich hoffe, ich komme nie, nie, nie in den Himmel!"

„Das hätte ich bei dir ohnehin nicht angenommen!", war seine Antwort, dann schlief ich erschöpft ein.

Jede Kuppel braucht einen Abschlussstein. Er ist die Krönung und zugleich statischer Schlusspunkt eines (Gedanken) Gebäudes. So verhält es sich auch bei einer Anekdotensammlung wie in diesem Buch, das Sie hoffentlich bis zum Schluss gelesen haben. Besonders schwierig ist dieser Abschlussstein zu finden, wenn es um die Frage nach der eigenen Endlichkeit und dem Tod geht. Ich hoffe, ich habe Ihnen die Angst vor ihm nehmen können, denn frei nach Georg Kreisler ist er Exzentriker, Zyniker, Sadist und Humorist, eben ein Wesen wie du und ich. Angst brauchen Sie nur mehr vor der „lieben Verwandtschaft" zu haben. Deswegen bleiben Sie lange gesund, denn:

Wer früher stirbt, ist länger tot

„Was? Fünfundfünfzig Euro?", maulte ich meine Freundin an.

„Ja, diesen Betrag zahlst du nur im ersten Jahr. Für jeden weiteren Geburtstag einen Euro und für jedes Jahrzehnt zehn Euro. Das ist doch günstig, oder? Bei einer durchschnittlichen Lebenserwartung kannst du mit neunzig Euro rechnen. Bei deinem Mann wird das Ganze günstiger, Männer haben eine geringere Lebenserwartung."

Ich musste kurz schlucken: „Und was ist, wenn ich früher sterbe?"

Sie strahlte mich überlegen an: „Wenn du früher stirbst, bist' länger tot! Logisch. Zahlen musst du trotzdem nur für die gelebten Jahre. Das ist doch ein supergünstiges Angebot für eine würdevolle Begleitung!"

„Und wenn ich nicht zahle?"

„... ist es auch kein Problem! Dann tragen dich die Nachbarn zu Grabe."

Ich saß ungeschminkt, unfrisiert und nur teilweise übergewichtig – an meinem Oberkörper gibt es rein gar nichts auszusetzen – vor meiner Freundin. Offensichtlich lag es an meinem äußeren Erscheinungsbild, das sie unbewusst auf dieses morbide Thema gebracht hatte. Meine über alles geliebten Nachbarn sollten sich mit mir abmühen? Um Gottes willen, nein! Mit ihnen verband mich eine tiefe und innige Freundschaft. Warum sollte ich ihnen am Ende meines Lebens noch zur Last fallen? Was hatten wir doch für wunderbare Zeiten miteinander verbracht! Wir hatten miteinander gegrillt, uns gegenseitig Werkzeug geborgt, füreinander gesorgt. Wenn einer von uns erkrankt war, hatten wir einander gegenseitig im Garten geholfen. Wir hatten viel Zeit mit unserem Bier- und Weinsortiment verbracht, es sortiert, gelagert, gekostet und uns durch die Keller gesoffen, dass es eine helle Freude gewesen war.

„Meine Güte, waren das lustige Stunden", kam ich ins Schwärmen.

„Siehst du, genau deswegen solltest du jetzt vorsorgen", drängte sich meine Freundin wieder in meine Gedanken. „So ein Hinterwandinfarkt geht schnell, und auch einen Schlaganfall merkst du gar nicht. Zack, zack, zack, und es ist vorbei."

„Ich bitte dich, dafür bin ich noch zu jung!", ärgerte ich mich.

„Sag das nicht! Seit der Corona-Krise weiß ich, dass du altersbedingt bereits zu den Risikogruppen gehörst. Bedenke, du bist auch nicht mehr die Jüngste!"

Du bist auch nicht mehr die Jüngste! Diese dumme, schnell daher gesagte Floskel traf mich mitten ins Herz und löste in mir größten Widerstand aus. Ich hasse es, in die Kategorie „Bayboomer" oder „Superager" schubladisiert zu werden, und nun wurde ich aus der Sicht einer Dreißigjährigen als Teil einer Risikogruppe kategorisiert.

„Also ich und alt?! Spinnst du?" Dabei wurde ich ziemlich laut.

„Ach sei doch nicht gleich angefressen. Man ist immer nur so alt, wie man sich fühlt!", versuchte sie zu kalmieren.

„Ich fühle mich nicht wie fünfundfünfzig, sondern wie vierzig!", motzte ich zurück, was natürlich gelogen war, ich fühlte mich wie fünfundsechzig.

Die Hüfte und die Knie schmerzten aufgrund ihrer Abnützung ständig, und auch mein rechter Vorderzeh macht Anstalten, sich von mir in orthopädisch befremdlicher Weise abzuwenden. Zu den normalen Alterserscheinungen, die jede Frau nach dem Klimakterium kennt, wie unangenehme Stimmungsschwankungen und Übergewicht, kamen noch Falten an Hals, Gesicht und anderen Körperregionen dazu. Leider genau dort, wo sie gar nicht hingehörten. Ich versuchte, im Alltag diese Anomalien mit dunklen Rollkragenpullovern, übergroßem Ohrschmuck oder lässig über die Schultern geschwungenen Umhängen zu kaschieren. Abends zeigte ich mich meinem Publikum stets mit aufwändigem Make-up und mit einladend großen Dekolletés. Ein schöner praller Busen würde vom Rest ablenken, war der Tipp meiner geliebten Schwiegermutter. Sie hatte Erfahrung in diesen Dingen.

Auch mein Verhalten entsprach nicht meinem Alter. Ich zeigte in jeder Situation jugendlichen Esprit. Selten ließ ich mich mit vollem Namen oder akademischem Titel ansprechen und hielt auch nicht viel vom konventionell-steifen „Sie". Ich bevorzugte ein simples Du, was mich um einige Jahre verjüngte. Meine Söhne waren es gewöhnt, mich beim Vornamen anzureden, also mit *Kädel*, *Katharina* oder *Katzi*, nur um Gottes willen nicht *Mama*. Auch die liebe Verwandtschaft hielt sich an die Gepflogenheiten, also kein *Tantchen* und auch kein *Cousinchen*! Ich hörte im Radio FM4 statt eines Regionalsenders, ließ mir die verrücktesten Frisuren aufschwatzen und war in digitalen Dingen auf dem neuesten Stand.

Also, mich auch nur annähernd in den Dunstkreis einer Risikogruppe zu stellen und zu behaupten, dass ich eben „nicht mehr zu den Jüngsten" gehöre, war wirklich mehr als deplatziert! Für umso dümmer hielt ich ihren Vorschlag.

„Von den Nachbarn kann und will ich mich nicht tragen lassen. Das würde mich nämlich vor dem Ableben in einen unnötigen Stress bringen."

„Warum?"

„Ich müsste vor meinem Tod noch mindestens zehn Kilo abnehmen. Was glaubst denn du, wie die Nachbarn beim Leichenschmaus sonst über mich lästern. Und eine schlechte Nachrede will ich mir bei meinem eigenen Begräbnis nicht anhören. Ich kenne mich da aus."

„Dann nimm eben die Kammeraden von der freiwilligen Feuerwehr. Die heben dich zu sechst. Das Gewicht verteilt sich dann besser. Außerdem schauen die Burschen mit ihren Paradeuniformen höchst adrett aus. Also, ich stell mir das sehr schön vor."

„Was? Mich tot?"

„Aber nein, die Burschen neben deinem Sarg."

Ich versprach ihr, darüber nachzudenken, und versuchte, das Gespräch auf ein anderes Thema zu lenken, bei dem ich als Frau mit dreißig wunderbaren Beziehungsjahren wusste, dass ich sie ins Mark treffen würde. Schadenfreude ist – wie bereits oft in diesem Buch zitiert – bekanntlich die schönste Freude. „Und wie war das letzte Treffen mit deiner neuen Tinder-Bekanntschaft?"

Bei dieser Frage schob sie sich ein großes Stück Schokoladekuchen in den Mund und mampfte mich etwas verkrampft an: „Eh ganz nett!" Was mich in der Annahme bestätigte, dass es grauenvoll abgelaufen sein musste. Die Kombination von zwanghaftem Schokoladeverzehr und der Bezeichnung von „ganz nett" belegte das unzweifelhaft. „Nett ist nämlich ein kleiner Aff' auch!" Das meinte bereits meine Großmutter.

Unser Gespräch erstarrte – zu Recht. Ich wollte nicht mehr über mein eigenes Begräbnis reden, auch wenn ich diese Diskussion anfänglich makaber und lustig gefunden hatte. Meiner Freundin war dieses Angebot aber todernst, und so fing ich mich danach auch todernst zu fürchten an.

Ich gestehe Ihnen, liebe Leserinnen und Leser ein Geheimnis: Ich hasse es zu altern, weil ich mich vor dem Tod fürchte. Und zwar entsetzlich! Das Altern ist von Beginn an ein durch und durch widersprüchlicher Prozess. Bis zwanzig willst du älter wirken, um ernst genommen zu werden. Du ziehst dich an wie dreißig, trägst Frisuren wie dreißig und sprichst wie dreißig. Es nimmt dich trotzdem niemand ernst. Mit dreißig Jahren hättest du die richtigen Ansichten, nur ist niemand da, der sie verstehen würde, außer die Kinder und ein ständig müder Ehemann. Mit vierzig bekommst du Bügelmaschinen oder Küchenmesser zum Geburtstag und siehst das erste Mal den Hauch von Vergänglichkeit im Spiegel. Ab fünfzig versuchst du es wieder: Du ziehst dich an wie dreißig, trägst Frisuren wie dreißig und sprichst wie dreißig, und wirst dadurch erst recht nicht ernst genommen.

Wie im Leben üblich, sind es nicht irgendwelche schnell daher geplapperten Aussagen, die mir psychisch zu schaffen machen. Spätestens dann, wenn sich die Eigenwahrnehmung mit der Fremdwahrnehmung deckt, also wenn auch das Gegenüber den körperlichen und geistigen Verfall merkt, genau dann ist der richtige Zeitpunkt zu reagieren.

Ich wollte, nein ich musste meinen Alterungsprozess stoppen und dem langsam heranrückenden Tod von der Schaufel hüpfen. Und zwar rasch, bevor beide Knie kaputt waren. Denn ich hatte noch einigermaßen viel vor in meinem Leben.

In den letzten fünf Jahren, so mein Empfinden, war ich bedeutend schneller gealtert als zuvor, nämlich exponentiell schnell. Lange hatte ich dagegen angekämpft, ging anfänglich zweimal die Woche walken, ernährte mich gesund und ging regelmäßig zur Visagistin. Nach ein paar Monaten musste ich das Tempo gegen meinen Alterungsprozess erhöhen: Fünfmal die Woche Walken, Zuführung von Mineralstoffen und Literweise Granderwasser standen auf dem Programm. Daneben – mindestens! – dreimal die Woche intensive sexuelle Betätigung mit sich oder dem Ehemann, was laut dem Fachmagazin *Best Ager*, das ich beim Friseur studierte, den Östrogen- und Oxytocinspiegel erhöhte und dadurch eine straffere Haut garantierte. Nach einem Jahr war ich zwar topfit, durch den Stress aber nervlich am Ende. Ich war fünfundfünfzig und fühlte mich um zehn Jahre älter. Mein Mann hatte aus Protest das gemeinsame Schlafzimmer verlassen.

Mein offensichtlicher körperlicher und nervlicher Zusammenbruch war der eigentliche Grund für dieses unverschämt „günstige“ Angebot meiner Freundin gewesen. Ich gab ihr die fünfundfünfzig Euro und beschloss, trotzdem hundertzehn Jahre alt zu werden.

Aufgrund meiner umfangreichen Diagnosen, die weder übertrieben, noch gelogen waren, bekam ich vom Hausarzt einen Kuraufenthalt in Tirol verordnet, der auch von der Gesundheitskassa unverzüglich bewilligt wurde.

Seit Neuestem will der Staat gesunde und nicht alte und kranke Menschen versorgen. Mit der Namensänderung von Kranken- in Gesundheitskassa wird dies auch entsprechend verdeutlicht. Die Versicherung fordert damit seine Bürger und Bürgerinnen auf, gesund und munter zu bleiben bis hundert! Das ist die Devise! Ab dem hundertsten Geburtstag sollte man sich dann aber doch langsam Gedanken über die eigene Euthanasie machen.

Ich strahlte meinen Mann bei der Verabschiedung an: „Du siehst mich in vier Wochen wieder. Gesund und munter und um zehn Kilo leichter. Du wirst dich freuen, keine Falten, kein Doppelkinn und eine straffere Haut auf Po und Bauch.“

„Schade, ich liebe dich nämlich genauso, wie du bist!“, meinte er traurig.

„Papperlapapp. Ich komme als neue, verjüngte Frau zurück!“ Dann fuhr ich auf Kur.

Während der Fahrt im Zug studierte ich die Prospekte und jubelte. Die nächsten vier Wochen würden für mich eine Pilgerfahrt ins Anti-Aging-Mekka werden! Von intensiv physikalischen Körperbehandlungen, heilgymnastischen Übungen im Radonheilwasser und Körperwickel mit Fango war da die Rede. Neben Reizstrom- und Kältetherapien wurden Heilverfahren angeboten, wie Intiferenztherapie oder Iontophorese. Therapien, deren Namen ich nicht einmal aussprechen konnte, geschweige denn, dass mir ihre tiefere medizinische Bedeutung klar war. Klar war mir nur eines: Alle Verfahren würde ich meinem alternden Körper anbieten, um noch zwei drei Jahrzehnte schmerzfrei und mobil zu bleiben.

Im Kurhotel angekommen, endete mein Jubel jedoch abrupt, als ich zur Einstellungsuntersuchung beim Kurarzt aufgerufen wurde.

Ich saß einer tschechischen Ärztin mittleren Alters namens Dr. Sonja Sobotka gegenüber, die keine Veranlassung sah, mich zu grüßen und mich auch keines Blickes würdigte. Sie übergoss mich mit der allseits bekannten Unhöflichkeit eines Kurarztes, die ich mir aufgrund ihres frustrierenden Jobs durchaus erklären konnte. Wirst du nämlich Kurarzt, hast du als Humanmediziner „ausgesorgt".

In diesem Kurhaus gab es nur drei Gruppen von Patienten: Stoffwechselerkrankte, orthopädische Fälle und Burn-out-Gefährdete. Ich passte auf Anhieb in alle drei Gruppen. Deswegen schwieg ich, sie sollte selbst herausfinden, wohin ich passte.

Mit verrauchter Stimme befahl sie in monströs klingendem tschechischem Akzent: „Bluse hoch!" Ich zog die Bluse und sie ihr Stethoskop hoch.

„Einatmeeen!" Ich atmete ein.

„Ausatmeeen!" Ich atmete wieder aus.

„Einatmeeen!" Ich atmete ein.

„Ausatmeeen!" Ich atmete wieder aus.

„Setzeeen!", orderte sie plötzlich. Ich hielt den Atem an und setzte mich.

Frau Dr. Sobotka las die mitgebrachten Unterlagen und diktierte die Daten gleich in ein Diktafon, das sie sich knapp vor ihren Mund hielt: „Patient, weibliiich, fünfundfünfzig Jahreee, Osteoporoseee nix, Blutdruck nix, Blutfette nix." Dann stand sie kurz auf, beugte sich über den Schreibtisch und observierte meine Beine: „Nix Krampfadern! Nur schiarcher Haluuux am pedis dextra, aber macht nix!" Dann fragte sie weiter: „Was ist heite fir Monaaat?"

„Ah, Mai", stotterte ich verstört. Um Gottes willen, wohin war ich denn da geraten?

„Gut, Sie wissen, wo gerade sind?"

„In Tirol in einem Kurhaus, aber …!" Noch bevor ich sie mit einer Gegenfrage aus dem Konzept werfen konnte, hatte die Medizinerin bereits weiterdiktiert: „Nix kognitive Beeinträchtigung! Patientin in gute Allgemeinzustand. Rechnen mit Bodymaßindex ist nix notwendig, genügt Spiegel."

Eine Frechheit, das musste ich mir wirklich nicht gefallen lassen! „Mobiillíiität altersentsprechend, aber san ma leider a wengaal adipees!"

Vor Empörung klopfte mir das Herz bis zum Hals, doch ich konnte nichts sagen, denn ihr gehässiger Blick – ähnlich dem von Cruella De Vil aus dem Film *101 Dalmatiner* – hatte mich gelähmt. Sie hatte sicherlich intuitiv meine herabwürdigende Haltung Kurärzten gegenüber gespürt und diktierte weiter: „In der Frííh vor Frííhstück gemma in Kurs fír Bauch-Po Attackee, zwanzigmal Ergometer Training, dreißig Einheiten Heilgyyyymnastik, Power Walkiiing, dreimal die Woche Zirkeltrainiiiing in Gruppee *Silver Ageeer* …!" Es machte ihr offensichtlich Vergnügen, nicht nur die Vokale, sondern auch mich zu quälen.

„Und meine radonhaltigen Körperwickel, die Fangopackungen und Inhalationen?", warf ich ein, genau deswegen war ich ja hierhergekommen. Gelangweilt erschlug sie mit einer Fliegenklappe ein Insekt, das sich am Schreibtisch niedergelassen hatte. „Das zu teuer und nix gut. Sie besser nix Rauchen, nix Alkohol und in Küche, mach maa halbeee Kost! Da nächste, Bitteeee!"

Und schon war ich vor die Türe gesetzt.

Was folgte, waren die schrecklichsten vier Wochen meines Lebens. Eingespannt in das Joch körperlicher Fitness, trainierte ich jeden Tag unter den militanten Befehlen irgendwelcher Therapeuten auf Fahrrädern und auf Laufbändern, balancierte auf Medizinbällen und verbog mich mit Stretchbändern.

Nach der ersten Woche hatte ich bereits drei Kilo verloren. Dank der vielen Schmerztabletten, in der Früh, zu Mittag und prophylaktisch auch am Abend, taten die Knie und die Hüfte nicht mehr weh. Zwischen dem Zirkeltraining und den stundenlangen Powerwalkingeinheiten „durfte“ ich, ob ich wollte oder nicht, in die tiefsten Seelenabgründe anderer Kurgäste aus der *Silver Ager-Gruppe* schauen. Soviel Gesundheit auf einmal musste krank machen! Mehr und mehr fühlte ich mich unwohl, denn dieser Kuraufenthalt machte mir die wahre Endlichkeit erst richtig bewusst. Meine verbleibende Zeit, die ich mit allen Mitteln zu verlängern versuchte, vertrieb ich Närrin mit diesen Anti-Agern und nicht mit meiner Familie.

Auch der Gedanke an das radioaktive Gas in Wasser, Boden und Luft machte mir Angst. Für eine gesunde Lunge hatte ich schon seit Langem zu rauchen und zum Wohle der Leber sogar mit dem Trinken aufgehört, und nun ließ ich mir tagtäglich das höchst krebserregende Gas feinzerstäubt in die Lungen drücken.

„In dieser minimalen Konzentration macht Radon Sie gesund!“, versicherte die Masseurin im Badehaus, als ich sie danach fragte.

„Und wie erklären Sie sich dann meine Wanderschuhe? Das Leder war bei der Anreise hellbraun und nun ist es türkisgrün!“

„Da haben Sie vielleicht mit anderen Schuhen vertauscht! Das kommt öfters vor.“

„Und die vielen jung verstorben Menschen am Dorffriedhof? Das kann doch kein Zufall sein!“

„Ich komme von weiter weg, ich kenne nur wenige von hier!“

„Erst gestern ist mir am Friedhof eine verstorbene Frau mit einundvierzig Jahren aufgefallen, eine Frau Ilse A.“

„Ach so die“, meinte sie teilnahmslos und massierte weiter, „da kann ich Sie beruhigen, das war ein Selbstmord!“

Körperlicher Leistungsstress und radioaktive Verstrahlung waren offensichtlich der Preis, den ich für ewige Jugend und Schönheit zu zahlen hatte.

Sehnsüchtig an meine Familie denkend, saß ich allabendlich erschöpft und genervt auf dem Balkon meines Zimmers und ertränkte meinen Frust in einer guten Flasche Rotwein. Die Kur brachte genau den gegenteiligen Effekt mit sich: Ich hatte leider wieder angefangen zu rauchen, je nach Frustrationsgrad ein bis zwei Schachteln pro Tag.

Durch dieses Suchverhalten war mein limbisches System unter Kontrolle zu halten, denn die nervigen Debatten über Nahrungsunverträglichkeiten oder die Bodymaßvergleiche von Fünfzig- und Sechzigjährigen waren kaum zu ertragen.

Während sich die anderen Kurgäste langsam an die geistige und körperliche Entäußerung gewöhnt hatten und offensichtlich wieder Lebenskraft tankten, verfiel ich körperlich und seelisch in höchst bedenklicher Weise. So ungesund wie auf dieser Kur hatte ich noch nie gelebt.

Mein Leben mit Diäten, Tabellen und Kennzahlen wurde von meinem idiotischen Handy begleitet. Ständig bekam ich über eine App irgendwelche Befehle, die ich zu befolgen hatte. Es wurde kontrolliert, diktiert und die Ergebnisse gleich wieder an die Kurärztin gesendet. Meinen freundlichen Kurschatten, Herrn Peter S., einen frischgeschiedenen und formvollendeten Charmeur, hatte ich deshalb überredet, mich bei seinen marathonähnlichen Radtouren mitzunehmen – hundertzehn Kilometer ohne E-Bike, und das mit achtundsechzig Jahren! Gott, war das ein Fitnessstreber! Selbstverständlich nur in Form meiner Smart Watch. Dafür musste ich ihn zu den Line Dance-Abenden begleiten, was ich missmutig auch tat.

Ein erschreckend anstrengender Aufwand, nur um sich jünger zu fühlen. Wozu? Ich sah darin keinen Sinn. So konnte es nicht mehr weitergehen! Ich musste meinen Alkohol und Nikotinkonsum beenden oder zumindest drastisch einschränken und wollte mich bei einer der vielen wirklich bemüht-informativen Abendveranstaltungen davon ablenken. Das Thema: Zeitmanagement.

Das war einer dieser Vorträge der Gattung „Ich verspreche alles und halte nichts“, deswegen erwartete ich mir auch nicht viel davon. Gelangweilt rutschte ich nach einer Stunde auf meinem Sessel hin und her und schaute auf meine Uhr. Schade um die Zeit, dachte ich, das Ganze hatte ich schon im Studium hundertfach gehört. Die Vortragende erklärte emotionslos und ziemlich verunsichert – die Arme, im Raum saßen genau drei Kurgäste –die *Eisenhower-Matrix*, die *Alpen Methode* und andere Strategien zum Zeitmanagement. Dabei ging es immer um die Frage, was denn im Leben wirklich wichtig sei.

Nach dem Vortrag schlürfte ich gesenkten Hauptes auf mein Zimmer und holte mir die nächste Flasche Wein aus der Minibar. Ich setzte mich mit einer Zigarette auf den Balkon und dachte nach. Was war denn im Leben wirklich von Bedeutung, fragte ich mich, während sich meine Lunge und meine Leber wieder freundlich zuwinkten: „Na Prost, Freunderl, jetzt gemma's wieder an!"

Immer wieder kam ich zum selben Ergebnis: zur Liebe und dem uralten Eheverspechen, das sich zum dreißigsten Mal jährte. Bis dass der Tod uns scheidet und darüber hinaus. Dieses Ja war wichtig, alles andere war ohne Bedeutung.

Noch in der Nacht setzte ich die wichtigste Priorität meines Lebens und packte meine Koffer. Dass ich als Pönale eine horrende Summe an Stornogebühr an die Gesundheitskassa zahlen musste, störte mich nicht, immerhin hatte mich genau diese Erkenntnis gesund gemacht. Ich fuhr mit meinen türkisgrünen Schuhen, aber nun vor Glück strahlend, nach Hause.

Immer wieder kommt mir dabei Viktor Frankl in den Sinn, der meinte, *man müsse sich nicht alles von sich selbst gefallen lassen.* Schon gar nicht von Alter und Tod.

Ich habe trotzdem zehn Kilo abgenommen, habe aufgehört zu rauchen, kenne Alkohol nur noch als Fremdwort und fühle mich sehr wohl. Auch und vielleicht gerade in dem Bewusstsein, dass das Leben irgendwann einmal zu Ende ist.

Warum? Der Liebe wegen, und weil ich seit einigen Wochen weiß, dass ich Großmutter werde!

Die Autorin

Mag. Katharina Grabner-Hayden, geb. 1964 in Wien, Studium der Sozial und Wirtschaftswissenschaften. Sie lebt, liebt und arbeitet in Niederösterreich in einer alten Dorfvolksschule, hat vier Söhne und ist – trotz allem – immer noch glücklich verheiratet. Und wenn dann noch Zeit bleibt, schreibt Sie Ihre wunderbar humorvollen Bücher rund um Ihren turbulenten Alltag.

Mit Ihren Satiren „Jeder Tag ein Muttertag", „Ein himmlisches Chaos", „Komm ins Bett, Odysseus!" und „Einmal Scheidung mit Alles!" hat sich die Autorin in die Herzen einer breiten Leserschaft geschrieben. Zuletzt ist „Von Nudeln, Nockerln und Neurosen – Jeder Tag ein Muttertag" erschienen.

Katharina Grabner-Hayden ist bekannt für ihre unterhaltsamen Lesungen.

Mehr unter www.grabner-hayden.at